Zu diesem Buch

«Hilde Spiel lenkt das Interesse auf einen Winkel der Weltgeschichte, von dem die Scheinwerfer der hohen Politik seit 1954 abgezogen sind. 1954 wurde der Freistaat Triest zur einen Hälfte Jugoslawien, zur anderen Italien zugeschlagen. Triest, das war ein ewiger Zankapfel gewesen... ‹Diese Stadt ist verliebt in den eigenen Untergang›, heißt es im Text. Dies wird deutlich in skizzenhaften Schilderungen der alten Stadt, ihren verfallenen Palästen, Villen und Gassen, ihren selbstverliebten Politikern, einer Jeunesse dorée, die nichts kennt als Zerstreuung in Luxus. Hilde Spiels erzählerische Leichtigkeit gleitet nicht ab in feuilletonistische Oberflächlichkeit. Es entsteht ein ernstes und liebevolles Porträt der Stadt Triest, die den vorher indifferenten Leser am Ende heftig interessiert. Verschränkt mit diesem Bild der Stadt ist die ebenso zarte wie exemplarische Liebesgeschichte zwischen der 17jährigen Triestinerin Franca und dem jungen Bildhauer Mirko aus dem angrenzenden Jugoslawien.» (Hannoversche Allgemeine Zeitung)

«Beglückwünschen wir Hilde Spiel zu dieser Erzählung – und uns, daß unsere Literatur um ein Glanzstück bereichert wurde.» (Nürnberger Zeitung)

Hilde Spiel, geboren am 19. Oktober 1911 in Wien, studierte an der dortigen Universität, an der sie 1936 promovierte. Später wurde sie Redakteurin und Übersetzerin, heiratete den Journalisten Peter de Mendelssohn und arbeitete in der Emigration als Londoner Zeitungskorrespondentin. Ihren ersten Roman hatte sie schon 1933 in Wien veröffentlicht: «Kati auf der Brücke». Ein weiterer Roman «Flöte und Trommeln» erschien 1939 auf englisch. Außerdem machte sie sich einen Namen als Kritikerin und Essayistin («Der Park und die Wildnis», «Welt im Widerschein», «Fanny Arnstein»). 1963 kehrte sie endgültig in ihre Heimat zurück. Ihre zeitgeschichtliche Szenenfolge «Anna und Anna» wurde von Claus Peymann am Wiener Burgtheater uraufgeführt und 1990 vom ZDF gesendet. Ihre Erinnerungen 1911–1946 liegen unter dem Titel »Die hellen und die finsteren Zeiten», die Erinnerungen 1946–1989 unter dem Titel «Welche Welt ist meine Welt» vor. In der Reihe der rororo-Taschenbücher erschien bereits ihr Roman «Lisas Zimmer» (Nr. 12848). 1990 erhielt Hilde Spiel die Goethe-Medaille des Goethe-Instituts für besondere Verdienste um die deutsche Sprache.
Hilde Spiel starb am 30. November 1990 in Wien.

Hilde Spiel

Mirko und Franca

Erzählung

Rowohlt

Veröffentlicht im Rowohlt Taschenbuch Verlag GmbH,
Reinbek bei Hamburg, April 1991

Umschlaggestaltung Gudrun Fröba
(Gemälde «Landschaft mit Blickpunkt: Menschen im Boot»,
Ausschnitt, von Arthur Segal, 1928.
Brighton, Sammlung Prof. N. Lynton)
Gesamtherstellung Clausen & Bosse, Leck
Printed in Germany
780-ISBN 3 499 12843 8

Halb zehn, ein Samstag im März, die Stadt Triest voller Menschen mit Plastiktaschen. Die Taschen bersten von Zeug, das es jenseits der Grenze nicht zu kaufen gibt. Ihre Träger sind dunkel und derb, sie unterscheiden sich von den Einheimischen, die gleichfalls schwarzhaarig sind oder braun, aber von gelenkiger Grazie und beweglichem Mienenspiel. Die Frauen mit den Taschen haben Kopftücher um, sie gehen zu dritt und viert, lachen nicht, aber reden viel miteinander in ihrer rauhen, konsonantenreichen Sprache. Die Männer mit den Taschen sind schlecht rasiert, haben billige Schuhe an, rauchen Stummel, tauschen Zigaretten aus. Sie alle sind ständig zu neuen Läden und Buden unterwegs oder stehen an Straßenecken, packen ihre Taschen aus, zeigen einander die Wollwesten,

Niethosen und Schuhe, die Transistor-Radios und Tonbandkassetten, die Filterkannen und gezackten Küchenmesser, die grellfarben gekleideten Puppen, die sie an diesem Morgen bereits erstanden haben. Von oben gesehen, würde in der Stadt mit ihren verstreuten Häusern und Gärten, hügelabwärts sich senkend in immer dichtere, immer prunkvollere Straßengevierte bis an den Meeresrand, das Gewimmel eines Ameisenhaufens sich ausmachen lassen, rings um den zweigeteilten Markt an der Piazza Ponterosso und längs des Kanals, der sie durchläuft wie ein breites azurenes Band.

In Opicina, hoch auf dem Berg, ist der Commendatore Enrico Bauer-Bonfante erwacht. Er schlurft im Zimmer umher mit würdigen, aber schleppenden Greisenschritten, kämmt Haupthaar und Bart, nimmt einen Morgenmantel um und geht treppab in den Garten. Am Rand des Rasens streift er die Pantoffeln ab und watet, bloßfüßig, hinein ins morgenfeuchte Gras. Der Commendatore atmet goldhelle Luft, er schnuppert an den Sträuchern, als röche er das noch zaghafte Grün. Zwei Jahre vor der Jahrhundertwende geboren, hat er im vergangenen Januar seinen achtzigsten Geburtstag gefeiert. Bald nach dem Ende des ersten Kriegs war Elena seine Frau geworden, nach angemessener Frist kam Massimo zur Welt, der im zweiten Krieg bei Salerno gegen die Amerikaner gefallen ist. An Elena kann Bauer-Bonfante sich nur verschwommen erinnern, auch an Massimo kaum, der Bücher las und sein Jus-Studium nicht beenden wollte, der in dem kleinen Haus in Monrupino saß und schrieb, und verbrannte, was er schrieb. Der Commendatore blickt auf die Fassade seines eigenen Hauses, das den Namen Villa nicht mehr verdient, sie ist flekkig und schütter mit Glyzinien bedeckt, er wird sie vor seinem Tod nicht mehr streichen lassen. Hinter einem Fenster im obersten Stock erscheint jetzt das Gesicht, das er liebt, ein sehr junges Gesicht, umrahmt von halblangem dunklen Haar, mit herben Zügen und wasserblauen Augen, ernst, aber nicht traurig. Der Commendatore winkt hinauf und Franca winkt zurück.

Auf dem Gehweg entlang den Buden, in denen Bluejeans, Hemden, Unterwäsche, Lederjacken liegen oder von Stangen hängen, drängt sich Mirko unschlüssig vorbei an Landsleuten, die von Kauflust und Unrast getrieben sind, laufen, dann wieder innehalten, erwägen, aber nicht wählen, betasten und begutachten, aber sich nicht entschließen können, nach Art einfacher Menschen, denen das Geld im Beutel lieber ist als auf dem Ladentisch. Lederjacken, wie Mirko sie sucht, liegen auch hochgehäuft und in Zellophan verpackt in den Autos der fliegenden Händler, die am Rand des Kanals geparkt sind, vermutlich sind die Jacken dort billiger als auf dem Kleidermarkt. Mirko denkt nach, er schaut auf seine Armbanduhr, es ist elf, bald muß er die Entscheidung treffen. Zwischen den Autos fädelt er sich durch, quer die Straße zu den Obst- und Gemüseständen hin, wo die Triestiner Hausfrauen ihre Netze und Körbe füllen. Er will einen Apfel kaufen, ihn waschen in dem Brunnen, zu dessen Wasser ein steinerner pausbäckiger Knabe sich herunterbeugt. Doch er kommt nicht dazu. Zwischen den Stapeln geleerter Kisten geht ein Mädchen mit verlorenem Blick einher, so als suchte sie, wüßte aber nicht, was sie finden wolle. Er verfolgt sie mit den Augen, bis sie stehen bleibt, sich zu besinnen scheint und vor einen der zeltüberdachten Tische tritt. Langsam wählt sie einige Melanzane, Zucchini, Fisolen und Tomaten aus, reicht sie der Gemüsefrau zum Wiegen hin, ernst, aber nicht traurig, ganz in ihr wichtiges Geschäft vertieft. Er indessen wartet, bis der Handel geschlossen ist und der Korb des Mädchens voll. Jetzt wendet sie sich um, jetzt sieht sie ihn. Ihr Blick, den sie von ihm ablenken will, hakt sich fest an ihm gegen ihren Willen, denn Mirko ist ein hübscher Bursche, ein hübscher Slowene von einigen zwanzig Jahren, mit krausen und längeren Locken als es in der Hafenstadt Koper unter den Söhnen von Fischern und Dockarbeitern und Handwerkern üblich ist.

Der Augenblick ist vorbei, Franca hat die Augen niedergeschlagen und sich kurzerhand abgekehrt, Mirko, trotzig, weil abgewiesen, geht schnurstracks zurück zur anderen Straßenseite und zu einer Bude mit Lederjacken, die er jetzt anprobieren will. Zugleich hat sich von einem in der Nähe geparkten Auto ein verdächtig aussehender Mensch mit einer Zahnlücke aufgemacht, um den zum Kauf entschlossenen Kunden für sich zu gewinnen. Er tritt auf Mirko zu, spricht ihn holprig auf

Slowenisch an, zupft ihn am Ärmel und zieht ihn mit sich, um ihn mit der eigenen Ware zu locken. Sogleich ist Mirko umringt von einer Schar jüngerer und älterer Triestiner Nichtsnutze, die dem Händler helfen wollen, eine Jacke an den Jugoslawen loszuwerden. Schon hat er sie an, schon wird sie von vielen Händen an ihm glattgestrichen, man bedeutet ihm, daß nichts ihn so gut kleiden werde wie sie. Hilflos blickt Mirko sich um und entdeckt Franca, die ein paar Meter entfernt dasteht und den Vorgang verfolgt. Wieder, als geschähe es gegen ihren Willen, gibt sie ihm ein Zeichen. Sie schüttelt, kaum merklich, den Kopf. Mirko tut es ihr nach, schüttelt den seinen, fragend. Franca wirkt erschreckt, hebt die Schultern und will davon. Mirko zieht rasch entschlossen die Jacke aus, schiebt den Verkäufer und dessen Handlanger zur Seite und geht auf Franca zu.

Soll ich nicht kaufen bei dem? fragt Mirko.

Nein, deutet Franca.

Warum nicht. Ob der Mann ihn betrügen wolle.

N-nein, erwidert Franca widerstrebend, sie will fort, sie hat Angst vor der Begegnung mit dem Fremden, sie kann nicht älter sein als siebzehn, ist vielleicht nur sechzehn, ist scheuer und schüchterner, als Mirko es von istrischen Mädchen kennt. Was denn sonst der Grund sei. Franca ringt sich eine Antwort ab, mit gesenkten Augen. Die am Markt seien besser. Man könne – Ja was? Umtauschen könne man die Jacken, wenn man es sich hinterher anders überlege. Jetzt lächelt Mirko. Ob sie ihm nicht helfen wolle. Sie nickt so zögernd, wie sie vorhin den Kopf geschüttelt hat. Mirko nimmt ihr den Korb ab, sie gehen nebeneinander zurück zu der Bude, vor der er schon einmal gestanden hat, suchen eine Jacke aus, von weitem hämisch beäugt von dem Zahnlückenmann und seiner Schar. Der Kauf ist getätigt. Francas Gesicht erhellt sich, sie deutet in die Richtung des Kanals und wartet, ob Mirko sie begleiten will. Mirko in der neuen Jacke, den Korb wieder in der Hand, bleibt neben ihr.

Wenn man nicht von hier ist, wissen Sie, sagt er im Gehen.

Woher er denn sei.

Aus Koper. Capodistria. Ich bin zum ersten Mal in Triest.

Der Märzhimmel ist blau genug, um auf das Wasser im Kanal abzufärben. Die bunten

Boote schaukeln im Geglitzer, die Bojen tanzen auf und ab.
Franca wundert sich, Mirko italienisch reden zu hören. Von seiner Mutter habe er's gelernt, sagt er. Und von seinem Meister. Dann: Sie haben – verzeihen Sie – eine so glatte Haut. Wie Speckstein.
Speckstein?
Ja, der heiße nur so häßlich. Sei aber ein schöner Stein. Sein Meister, so Mirko, sei Steinmetz. Freilich habe Speckstein eine andere Farbe als ihre Haut. Eine Honigfarbe. Sei aber so glatt. Glatter als Marmor. Mirko setzt den Korb nieder und macht eine streichelnde Bewegung der gekuppten rechten über die gekuppte linke Hand. Er nimmt den Korb wieder auf.
Die alten Statuen, müssen Sie wissen, die hatten leere Augen. Einen Blick nach innen, so wie Sie.
Franca erwidert nichts. Sie beißt sich auf die Lippe. Mirko redet nicht weiter. Die beiden biegen auf die Riva Tre Novembre ein. Das Stück Hafen vor ihnen, das Bacino San Giorgio, liegt wie gewöhnlich leer.

Vor dem Caffè Tommaseo bleibt Franca ste-

hen. Da müsse sie jetzt hinein. Ihr Herr sitze drin und warte auf sie. Ihr Herr? fragt Mirko, sagt man das so bei euch? Franca, verlegen, nun, sie führe ihm ja das Haus. Und was werde dann geschehen? Dann werde man im Wagen ihres Herrn nach Hause zurückkehren, hinauf nach Opicina, auf den Berg. Mirko: Na dann –. Franca: Also, addio. Sie weiß seinen Namen nicht, möchte ihn nun nennen. Mirko, sagt Mirko und zeigt auf sich. Franca, sagt sie, und zeigt auf sich.
Ob er nicht mitkommen dürfe. Wozu denn? Um ihren Herrn kennen zu lernen. Was er von dem wolle. Daß ihm der erlaube, sie wiederzusehen. Franca überlegt, zuckt mit den Achseln und geht voran ins Café, Mirko hinterdrein mit dem Korb.

Ein altes Kaffeehaus, die Stukkaturen abgebröckelt, blättrig der Anstrich. Hinten, im Halbdunkel, unter einer sanft geschwungenen Steinfigur sitzt auf rotgepolstertem Lederstuhl der Commendatore und hat die Zeitung aufgeschlagen, den ›Piccolo‹, dessen Titelzeilen er, ohne seinen Zwicker aufzusetzen, noch lesen kann. Eine Vereinigung für das Wohl von Triest und dem Karst ist gegründet worden,

der ›Piccolo‹ berichtet davon in großen Lettern, obschon Gerüchte in Umlauf sind, daß der Regierungsverlag Rizzoli bereit ist, ihn aufzukaufen, was den Unabhängigkeitsbestrebungen der Triestiner ihr Presseorgan zu nehmen droht. Der Commendatore seufzt. Er will nicht weiterlesen und blickt mit trüben, aber weitsichtigen Augen seinem Neffen Vittorio Bonfante nach, der sich eben von ihm verabschiedet hat und dem Ausgang zustrebt.
Kurz nach seinem Eintritt ins Tommaseo sieht Mirko den schmalgebauten jungen Mann, bebrillt, ein wenig fahrig, von einschüchternder Intelligenz, so will es ihm scheinen, Franca an den Schultern packen und rufen: Da bist du ja, hast dir einen Kavalier mitgebracht, wer ist denn das?
Mirko Stopar heiß ich, Herr, bin von drüben. Aus Koper. Darf ich –
Aber Franca lacht, endlich lacht sie, zu Mirkos Staunen. Das sei ja gar nicht ihr Herr. Und der Mann sagt: Nur der Neffe, Herr Stopar. Eigentlich der Großneffe. Der Commendatore sitzt da hinten, Franca. Er streicht ihr über das Haar. Mirko zuckt zusammen. Vor diesem Großneffen, sagt er sich, nimm dich in acht.

Stopar ist Ihr Name? So. Und der meine: Bauer-Bonfante. Ein Relikt, sagt der Commendatore, während er Mirko mit weit ausholender Gebärde auffordert, Platz zu nehmen, ein Relikt aus dem alten Österreich, wie schon der Name sagt. Bauer, das waren meine väterlichen Vorfahren. Meine Mutter war eine Bonfante, ich habe ihren Namen angehängt. Die Verwaltungsräte wollten das, beim Österreichischen Lloyd in Triest, als ich 1917 dort eintrat. Sie lachen, Herr Stopar. Das waren damals alle Irredentisten. Los von Habsburg! Wären sie heute noch am Leben, dann hätten sie's längst bereut.

Mirko, ratlos, hält sich fest am Marmortisch mit beiden Händen. Franca sitzt stumm da, maskenhaft und in sich gekehrt.

Aber ich verwirre Sie, sagt der Commendatore. Das ist nicht sehr höflich. Was können Sie von all dem wissen, Herr Stopar. 1917 – das war wie viele Jahre vor Ihrer Geburt?

Ich bin 53 geboren.

1953 – ein schweres Jahr für Triest. Ein blutiges Jahr. Da war ich längst selber Verwaltungsrat und kurz vor der Pension. Der Lloyd Triestino, so hieß er ja längst, konnte noch ein paar Ozeandampfer führen. Jetzt schon lange

nicht mehr. Nur noch Frachter. Früher lagen Hunderte von Schiffen in unserem Hafen. Und heute? Triest, Herr Stopar, ist eine sterbende Stadt.
Mirko, unbehaglich: Man sagt das auch bei uns. Aber glauben Sie nicht, Herr Bauer-Bonfante, daß ich nichts weiß vom alten Österreich. Meine Mutter ist aus Pola. Die Großeltern waren beim Admiral Haus im Dienst. Im ersten Krieg, wie sie noch jung waren. Dort haben sie sich kennen gelernt –.
Der Commendatore unterbricht ihn. Und Sie sind?
Steinmetz, Herr.
Also ein halber Künstler.
Mirko schweigt, nicht unbefriedigt. Der alte Herr hat Scharfblick. Aber Mirko wird sich hüten, noch mehr zu reden, er hat gemerkt, daß er bereits zu viel gesagt hat. Immerhin dankt Bauer-Bonfante ihm jetzt freundlich dafür, daß er Franca mit dem Korb geholfen habe. Die Gute kaufe immer mehr, als sie tragen könne, weil sie wisse, wieviel ihm am Essen gelegen sei. Eine kapitalistische Schwäche, sagt der alte Herr mit einiger Selbstironie. Und keineswegs spöttisch: Ihr habt da andere Werte, in eurem neuen Staat. Aber jetzt müs-

sen wir gehen, Herr Stopar. Ich habe geredet und geredet. Ein Laster des Alters, die Geschwätzigkeit. Und als Mirko lächelnd abwehrt: Ich habe Ihnen auch nichts angeboten. Schon wieder unhöflich. Sie sehen, es ist nicht weit her mit der altösterreichischen Courtoisie.

Der Commendatore klatscht in die Hände, er zahlt mit einiger Grandezza, gibt beträchtliches Trinkgeld. Der Kellner verbeugt sich. Bauer-Bonfante steht auf, ein immer noch hochgewachsener Mann, mächtig, weißbärtig, mit dramatischem Schwung des Havelocks, ein wenig der Komödiant seiner selbst wie alle großen alten Herren, alle großen alten Italiener. Er strebt voraus, der kleinen Piazza Verdi zu, auf der er seinen bejahrten Alfa Romeo abgestellt hat, ohne sich umzusehen, als könne er sicher sein, daß man ihm folgt, wenn er führt.

Vor dem Wagen tauschen Mirko und Franca einen Blick, dann öffnet der Commendatore die hintere Tür, winkt Franca in den Fond und läßt sie neben anderen Einkäufen ihren vollbepackten Korb verstauen. Indem er die Tür zum Fahrersitz öffnet, einen Fuß schon im Auto, wendet er sich zu Mirko und sagt leise, nicht unfreundlich, aber sehr bestimmt: Es ist besser, daß Sie Franca nicht wiedersehen.

In der Villa hat Ambrosina, die Zugehfrau, ihren morgendlichen Hausputz beendet, hat das Obst und Gemüse vom Markt in der Speisekammer und im Kühlschrank verstaut und macht sich auf den Heimweg. Niemand sieht sie gehen, wie üblich. Der Commendatore hat in seinem geräumigen Studio eine Platte aufgelegt und das Gerät eingeschaltet, er liest in alten Briefen, hört das Streichquartett op. 131 von Beethoven und nimmt nicht wahr, was um ihn geschieht. In ihrem kleinen Zimmer im obersten Stock, vor dem die Wipfel des Ahorns in der Mittagsbrise wippen, sitzt Franca in einem Stuhl am Fenster und rührt sich nicht, die Augen blicklos offen, den Kopf in eine Hand gestützt. So wird sie lange verharren, bis es dem Commendatore einfällt, daß es Zeit ist, ans Essen zu denken, bis er seine Tür aufmacht, Francas Namen ruft und sie so zärtlich wie nachdrücklich in die Küche hinabkommandiert.

Die Stadt Koper in Istrien, das römische Egida, so alt wie das einstige Tergeste jenseits der Grenze, eine idyllische Siedlung von Schiffern und Fischern viele Jahrhunderte lang, ist seit dem letzten Krieg zu einem Industrieort geworden, mit Hochhäusern, Fabriken, Lagerhallen, Speichern, Stapelplätzen, Werften und einem weit emsigeren Hafen als Triest. Der Marktplatz, die Straßen der Honoratioren tragen noch ihr venezianisches Gepräge, doch die neuen Zweckbauten ringsum zeigen an, daß der Staat Jugoslawien mit Koper anderes vorgehabt hat, als es im Schoß der Vergangenheit ruhen zu lassen – einer Vergangenheit, die nebst der italienischen auch der österreichischen Geschichte angehört. Noch gibt es hier freilich ein paar Leute, die vom Fischfang leben, ihre Beute zum Markt bringen oder in die nahe Sardinenfabrik in Isola, die ihr kümmerliches Auslangen finden nach Art ihrer Vorfahren, ohne Anteil zu haben an der neuen Massenproduktion. Ein solcher ist Mirkos Vater. Sein winziges Steinhaus, mehr eine Kate, liegt am Rand der Stadt am Meer, in einer Straße, in der noch ein oder zwei andere Fischer leben, kaum berührt von den Pflichten und Segnungen der jugoslawischen Volksrepublik. Zwei jüngere Brüder Mirkos spielen hier mit anderen Kindern auf der staubigen Straße mit löchrigen Töpfen und mit Murmeln und zielen mit ihren Schleudern auf einen mageren Hund, der keiner der Familien gehört, aber immer wieder in ihrer Nähe herumläuft und sich von ihren Abfällen nährt. Im Hause seines Vaters, über die Treppe hinauf, bewohnt Mirko einen Verschlag, an dessen Wänden er Stellagen montiert hat. Es riecht auch hier nach Tang, nach feuchten Netzen und Seilen, nach Pökelsalz und Fischsuppen, die den ganzen Tag brodeln in der Küche unter ihm. Auf den Stellagen liegt, woran er seit seinem siebzehnten Jahr seine Mühe und seine Leidenschaft wendet, frühmorgens, wenn er als erster in die Steinmetzwerkstatt kommt und abends, wenn er zurückgekehrt ist ins Vaterhaus. Jetzt, es ist wiederum Samstagmorgen, eine Woche, nachdem er in Triest gewesen ist, holt Mirko einen Gegenstand von hoch oben herunter, wickelt ihn sorgfältig in eine Nummer der Zeitung Primorski Dnevnik und verläßt mit ihm das Haus. Der Hund läuft zu ihm und reibt die Ohren an Mirkos Waden. Mirko beugt sich nieder und streichelt den räudigen Kopf.

Diesmal sitzt Bauer-Bonfante allein im Café Tommaseo. Mirko ist früher gekommen als das letzte Mal. Er hofft, weder den Großneffen noch selbst Franca hier anzutreffen, er sucht ein Gespräch von Mann zu Mann, er hat sich vorgenommen, nicht nachzugeben. Über Franca will er mit ihm reden, was immer der alte Herr auch dagegen hat.
Der Commendatore sieht den jungen Slowenen vor sich treten, es ist der erste fremde Mensch, mit dem Franca, seit sie in seinem Hause ist, ein Gespräch, eine flüchtige Beziehung angeknüpft hat. Er empfindet Unbehagen, ja Furcht vor diesem Stopar, der in etwas eingedrungen ist, das er, Bauer-Bonfante, nur mit äußerster Umsicht und Sorgfalt, mit einer in seinem ganzen Leben niemals erprobten Zartheit bewältigen kann. Am liebsten würde er ihn wegscheuchen, von seinem Tisch weisen, durch einen Kellner aus dem Café befördern lassen, aber dergleichen tut man nicht als ein Herr alter Schule, der er nicht nur ist, den er auch in jeder Lage zu spielen weiß. Er bedeutet also dem Menschen, sich zu ihm zu setzen, gottlob wird Franca noch eine Weile nicht wiederkommen, bis dahin ist er Stopar los. Der hat sein kleines Bündel in Zeitungs-

papier neben sich auf den Stuhl gelegt, blickt den Commendatore an mit offenen grünlichbraunen Augen und sagt ohne weitere Umschweife: Warum darf ich sie nicht wiedersehen?
Je zurückhaltender, ja eisiger der Commendatore in dieser Unterhaltung wird, desto formeller wählt er seine Worte. Er beginnt damit, daß er jede Auskunft verweigert: Ich kann es Ihnen leider nicht sagen, junger Freund.
Mirko, in der vorigen Woche noch ergeben, fast unterwürfig, tritt heute rauh und nahezu manierlos auf. Gehört das auch zu Ihrer altösterreichischen Art, fragt er, daß man seine Dienstmädel wie die Nonnen hält? Daß man keinen Mann in ihre Nähe läßt? Bauer-Bonfante zuckt nicht mit der Wimper, er sagt nur tonlos: Franca ist kein Dienstmädchen, wenn sie mir auch im Haus behilflich ist. Ich bin für sie verantwortlich, Herr Stopar. Sie können das nicht verstehen.
Ist vielleicht Ihr Neffe hinter Franca her? will Stopar jetzt unverschämt wissen. Möchte der sie für sich allein?
Merkwürdigerweise verzichtet der alte Herr darauf, ihn zurechtzuweisen. Er erwidert ru-

hig: Vittorio? Aber nein. Er macht sich Sorgen um sie. Wie ich. Wie wir alle. Seien Sie vernünftig, Stopar. Franca ist nicht gesund. Es hat seinen Grund, daß ich ihr Aufregungen und Schwierigkeiten ersparen will. Bauer-Bonfante zögert, in seine Stimme tritt etwas Wärme. Wohin soll denn das führen, sagt er. Sie wohnen in einer anderen Stadt, in einem anderen Land.
Mirko: Ich kann nach Triest, so oft ich will. Wir dürfen jederzeit über die Grenze.
Darauf der Commendatore, nicht ohne Bitterkeit: Ich weiß. Ich weiß. Darum geht es nicht. Sie sind jung, aber Sie müssen auch an die Zukunft denken. Franca – hat keine Zukunft. Keine vorhersehbare jedenfalls.
Mirko ruft trotzig: Und warum soll ich nicht ihre Zukunft sein?
Sie, mein lieber Mirko Stopar? Sie leben in einer fremden Welt. Vielleicht in einer besseren. Vielleicht. Aber mit uns hier hat das nichts zu schaffen. Jetzt steigt Röte in sein Gesicht, die altersgelbe Hand mit den braunen Flecken zuckt auf dem Marmortisch. Ihr kommt über die Grenze, sagt er, jederzeit, das merken wir. Fünfzehnhundert von euch kommen jedes Wochenende herüber und kaufen unsere Lä-

den leer. Bald werdet ihr Triest überflutet haben. Wenn die gemeinsame Industriezone gebaut ist, da oben im Karst, wenn eure Arbeiter hereinströmen – nicht ihr Slowenen, unsere Nachbarn, sondern eure Bosnier, eure Mazedonier, die sich mit wenig Lohn und einen Teller Brei begnügen –, dann habt ihr's erreicht, sagt er vorwurfsvoll, dann ist Triest balkanisiert.
Mirko fühlt nun, wie ihm Zorn in die Wangen steigt. Er will antworten, beherrscht sich aber. Bauer-Bonfante blickt an ihm vorbei.
Verstehen Sie mich recht, junger Freund. Es geht nicht um Sie. Es geht darum, daß diese Stadt, die wir so lieben, vor unseren Augen verfällt. Wissen Sie denn, was Triest einmal war? Welche Schönheit, welcher Wohlstand, welcher Geist, welche Kunst? Hier, in diesem Café Tommaseo bin ich als junger Mensch mit Ettore Schmitz an einem Tisch gesessen, ein paar Mal die Woche, bis 1928, als er ums Leben kam.
Ettore Schmitz?
Verzeihung. Ich hätte auch sagen können, Italo Svevo. Aber diesen Namen kennen Sie so wenig wie die Romane und Stücke, die er geschrieben hat.

Hören Sie, Herr Bauer-Bonfante, es ist leicht, sich über mich lustig zu machen. Ich hab nicht viel gelernt, hab keine Romane gelesen und keine Stücke gesehen. Aber die Bildhauerei, von der weiß ich was. Mein Meister hat mir ein Buch geborgt, mit Illustrationen. Von Phidias. Und Meštrović. Die Namen hab ich mir gemerkt.
Der Commendatore, ohne Spott: Ach ja?
Und überhaupt, was hat das alles mit Franca zu tun? Sie gefällt mir. Ich gefalle ihr. Dazu braucht man keine Worte. Wenn sie nicht gesund ist, werd ich warten, bis es ihr besser geht. Ich bin gesund für zwei. Nur will ich sie ab und zu besuchen.
Nun, erwidert Bauer-Bonfante, mein lieber Stopar, fast glaube ich, Sie gefallen auch mir. Wenn Sie viel Geduld haben, wenn Sie behutsam sind, wenn es Ihnen nichts ausmacht, sich mit einem schweren Schicksal zu belasten – dann kommen Sie in Gottes Namen nächsten Samstag nachmittag zu uns.
Mirko bedankt sich. Er holt sein Päckchen hervor und überreicht es dem Commendatore. Das sei für Franca. Der Commendatore sieht es zweifelnd an, nickt und zieht eine Visitenkarte aus der Tasche. Darauf steht nach

seinem Namen die Adresse, Via dei Ginepri 29. Es fahre eine Tram nach Opicina, steil den Hügel aufwärts. An der Piazza Oberdan könne er sie erreichen. Von hier aus die Riva stadteinwärts hinauf, dann rechts abbiegen durch die Via Galatti. In einer Woche denn, junger Mann.

Oberdan. Ein Name aus der Geschichte dieser Stadt und eines ihrer dunkelsten Kapitel, noch nicht hundert Jahre her, doch so fern wie ihre Uranfänge, tief im Dämmer der Zeit. Kelten oder Illyrer, wer weiß das genau, haben diese Regionen bewohnt, ehe die Römer zugleich mit anderen Gemeinwesen Tergeste, das dreimal gebaute, begründet haben. Seit dem dritten nachchristlichen Jahrhundert wachte San Giusto als Schutzpatron über Triest, ohne die Invasionen der Ostgoten, der Langobarden, der Slawen verhindern zu können. Einmal, mitten im byzantinischen Reich, ein glücklicher Augenblick: um 1060 verwaltet sich hier die Kommune. Schon zwanzig Jahre später fiel die Herrschaft dem Patriarchen von Aquileia zu, nachdem Kaiser Heinrich der Vierte behauptet hatte, nur so werde die Freiheit der Triestiner bewahrt. Immerhin: ein Maß an Unabhängigkeit war gewährt, bis 1202 jener uralte, blinde und blindwütige Doge Enrico Dandolo hier einbrach, der nicht lange darauf vor Byzanz alle seine Widersacher über die Klinge sollte springen lassen. Auch ihn überwand Triest und kehrte zurück zur Selbstverwaltung, von Patrizierfamilien ausgeübt, nahm die ersten Kaufleute auf, schloß Frieden mit Venedig und erkannte der mächtigen Serenissima gewisse Rechte zu, ohne seine Freiheit gänzlich aufzugeben. In den nächsten Jahrhunderten wechselte immer wieder sein Geschick, schwankte sein Glück unter den Usurpationen durch venezianische Dogen und aquiläische Patriarchen, bis 1382 Hugo von Duino, Vasall des Herzogs Leopold des Dritten von Österreich, zum ersten Mal die habsburgischen Farben vom Kastell auf San Giusto flattern ließ. Zwar kauften sich die Triestiner bald wieder von Kaiser Friedrich dem Dritten frei, gerieten neuerlich unter Venedigs Oberhoheit, wurden vom Papst Pius dem Zweiten, Piccolomini, von ihr erlöst – doch das österreichische Erzhaus, so oft es auch Triest verlor, kehrte immer wieder in die geliebte, die dringend gebrauchte Stadt am adriatischen Meer zurück, focht um ihretwillen Kriege aus, erklärte sich zuweilen bereit, sie als eigenständige Republik unter seinem Schutz anzuerkennen und gestand ihr schließlich, unter Karl dem Sechsten, das Recht auf einen Freihafen zu. 1719 war das magische Datum des kaiserlichen Erlasses. Karls Tochter Maria Theresia nahm Triest an ihre stattliche mütterliche Brust, ließ prunkvolle Gebäude in der Stadt errichten, eine Börse begründen und Siedler und Händler aller Länder und Nationen heimisch in ihr werden – Griechen, Albaner, Deutsche, Juden, Armenier, Holländer und Levantiner, die alle, wie es in einer neueren Chronik heißt, ›obschon sie die Physiognomie von Triest bastardisierten, von der kraftvollen Atmosphäre des Römertums ergriffen wurden, der es entstammte‹. An das Schicksal der Habsburger blieb es fortan gebunden, mußte dreimal die napoleonische Besetzung erleiden und kam erst 1813 an Österreich zurück, dankbar dafür, nun wieder das Vorrecht des Freihafens zu genießen und die Verwaltung der Provincia des Litorale dazu. Dennoch begannen, so die schon zitierte Chronik, ›obschon das Gewicht der österreichischen Herrschaft nicht erdrückend war, die Polizei nicht grausam, die

Zensur nicht streng, die Freiheit nicht erstickt‹, in der Stadt revolutionäre und patriotische Bewegungen sich zu regen. Freimaurer und Carbonari verbreiteten liberalistische Ideen, der Zusammenschluß mit Oberitalien schien immer wünschenswerter. Es kam der März 1848 und der Bürgeraufstand von Wien, den die Triestiner enthusiastisch begrüßten. Der Rückschlag war vernichtend, die Wachsamkeit der habsburgischen Statthalter wuchs und damit der Widerstand der unterirdischen Irredentisten. Jetzt förderte Österreich das erwachende Nationalgefühl der Slawen in Triest und suchte nach dem alten Grundsatz ›Divide et impera‹ die Bevölkerung zu spalten. Die verlorenen Kriege von 1859 und 1866 festigten nur den Wunsch der Herren in Wien, nicht auch noch den adriatischen Hafen zu verlieren. 1882 feierte man das Datum der ersten Einverleibung Triests in habsburgischen Besitz, jene fünfhundert Jahre gemeinsamer Geschichte, auf ostentative Weise. Franz Joseph der Erste begab sich nach Triest und entging dort einem Mordanschlag des Patrioten Guglielmo Oberdan, der, ohne seine Bomben und Revolver gebraucht zu haben, nur weil man sie bei ihm gefunden hatte, am 18. Dezember hingerichtet wurde. Viva l'Italia! Viva Trieste libera! Abbasso i stranieri! habe er unter dem Galgen geschrien. Oberdan. Ein bedeutungsschwerer Name, ein Anlaß, der den Bruch zwischen Triest und Habsburg unvermeidlich machte. Dennoch wurde dieser Bruch erst nach dem Ersten Weltkrieg vollzogen, als das Erzhaus auch aus seinen eigenen Landen vertrieben worden war.

Der Commendatore Bauer-Bonfante, Nachkomme des Hofrates Maximilian Bauer, der um 1850 unter dem k.k. Statthalter Grafen Wimpffen Referent für die löblichen Schulbehörden in Triest und dem Küstenlande war, horcht in seinem Studio dem Mozart'schen Streichquartett in d-Moll Nr. 15, das ihn in seiner innigen Schwermut an den über alles geliebten Schubert erinnert. Zugleich kramt er, wie es seine Art ist, in alten Papieren, diesmal in den Briefen seines verstorbenen Sohnes Massimo, die dieser ihm, dreizehnjährig, aus einem Sommerurlaub bei den kärntnerischen Verwandten geschrieben hat. Die kleinen Mädchen im Haus, sagt Massimo hier, läsen Eichendorff und Lenau, er aber habe ihnen in der für sie unverständlichen, doch, wie sie meinten, wohlklingenden italienischen Sprache Verse von Leopardi und Carducci deklamiert.

Ein leises Klopfen an der Tür. Er weiß, das kann nur Franca sein, und ruft ihren Namen. Sie tritt ein, fast unhörbar wie immer, als hätte sie gar keine leibliche Gestalt, und stellt ihm stumm das kleine Ding hin, das Mirko ihr durch den Commendatore geschickt hat. Es ist eine Möwe, sehr glatt aus Stein gemeisselt, ohne Augen oder Federn, nur im Umriß, aber desto deutlicher zur Möwe gemacht. Franca streicht darüber mit ihren Fingern wie über eine geliebte Wange oder ein weiches Katzenfell.
Bauer-Bonfante besieht sich die Skulptur von allen Seiten. In einer Ecke entdeckt er den Namenszug Mirkos. Er nickt. Er blickt zu Franca auf und sagt: Wir werden das meiner Cousine Giuseppina zeigen.

Die Galleria La Lanterna liegt in einer schmalen Gasse mitten in der Stadt, der Via San Niccolò. An den Rändern sind Autos geparkt und tagsüber durchläuft die Einbahnstraße ein steter Strom von Wagen. In der Galerie hört man wenig davon. Die Wände des alten Stadthauses, in dessen Erdgeschoß sie untergebracht ist, sind massiv. Zwei Ausstellungsräume, L-förmig aneinandergereiht wie Dominosteine, beherbergen zur Zeit abstrakte Gebilde, im Halbrelief schichtweise bedeckt mit grellfarbenem Email.

Giuseppina Bonfante, Besitzerin des bedeutendsten Zentrums für moderne Kunst in Triest, sitzt mit ihrem Vetter Enrico im Hinterstübchen, raucht und hat für beide Wermut eingeschenkt. Sie ist um die sechzig, sehr groß, von Figur birnenförmig, mit schmalem Oberleib und schweren Hüften, einem langen und intelligenten Gesicht. Ihre Augen ruhen auf der kleinen Möwe, die Enrico vor sie auf den Tisch gestellt hat. Giuseppina schweigt und raucht. Der Commendatore wartet geduldig, eine lange Zeit.

Nicht unbegabt, Enrico, sagt sie schließlich. Aber was könne man nach einem Stück schon wissen. Es sei eine gewisse Kraft drin, auch Zartheit, Gefühl für das Material. Wie verhüllt komme es ihr vor. Nichts als reine Form. Wer der Mensch denn sei.

Darauf er: Ein armer Steinmetz aus Capodistria.

Naturtalent, wie?
Franca habe ihn auf dem Markt kennengelernt.
Franca? Erstaunlich. Bei ihrer Schüchternheit. Wie es ihr denn jetzt so gehe.
Unverändert, gottlob. Doch alles sei unsicher, wie eh und je. Dieser Bursche könne gut für sie sein oder verhängnisvoll.
Ob Enrico mit dem Arzt gesprochen habe, mit Benvenuto.
Bauer-Bonfante nickt. Benvenuto Tecchi sei dafür, daß ihr Leben einen normalen Ablauf nehme. Giuseppina wisse es ja am besten, Basaglias Leute seien ein wenig tollkühn. Wie alle Pioniere der Wissenschaft. Sie nähmen Risiken auf sich.
Über Tecchis Vorgesetzten will sie kein Wort verlieren. Basaglia weiß, was er tut. Aber du hast Angst um Franca. Wie um eine Tochter, sagt sie rundheraus.
Sie könnte meine Enkelin sein, wenn Massimo geheiratet hätte, bevor er in den Krieg –
Enrico, laß die Erinnerungen. Und häng dein Herz nicht allzusehr an dieses Mädchen. Denk an deine eigene Familie. An Vittorio.
Beppina, ruft Bauer-Bonfante ärgerlich, unser Neffe ist ein Phantast. Er konzentriert sich

nicht auf seine Studenten. Vergeudet seine Zeit mit dieser Radikalen Partei. Er sagt, sie seien die wahren Nachfolger der Liberalen des neunzehnten Jahrhunderts, von denen wir bloß ein blasser Abklatsch sind. Keine Marxisten seien sie, trotzdem linker als der PCI. Pazifisten und Reformer. Für unseren Freistaat Triest, den wir alle wollen. Gut und schön. Aber sie laufen jedem modischen Schlagwort nach. Für die Scheidung. Für die Abtreibung. Für die Frauenemanzipation.

Und warum nicht? fragt Giuseppina. Es ist Zeit, daß sich eine Partei unserer Rechte annimmt. Keine tut das außer ihr. Du bist ein fabelhafter Mann, Enrico. Gütig, weise, musisch, gelehrt. Aber ein echter alter Autokrat. Absolutismus im Schafspelz der Toleranz. Wie deine geliebten Habsburger von Joseph dem Zweiten bis Franz Joseph.

Laß mir meinen Franco Beppe in Ruhe. Du weißt, jeder Tankwart in Triest sehnt sich nach ihm zurück.

Ach was, ein paar Narren, die sich den Doppeladler an die Heckscheibe kleben, weil wir's in der alten Monarchie angeblich besser hatten als jetzt. Wozu braucht ein kleines Land wie das heutige Österreich unseren Hafen?

Glaubst du, in Wien hätte man mehr für unsere Probleme übrig als in Rom?
Allerdings glaube ich das. Giuseppina streichelt seine Hand. Schon gut. Du bist manchmal trotzig wie ein Kind, das erhält dir deine ewige Jugend. Aber was machen wir mit deinem Steinmetz? Soll ich ihn entdecken? Und da Bauer-Bonfante mit den Achseln zuckt – Na schön, sagt sie, wenn er hält, was er verspricht.

Mirko klingelt an der Haustür der Via dei Ginepri 29. Eine schmale Straße, altmodische Villen in anspruchslosen Gärten, seit Generationen im selben Besitz. Wacholder, Geißblatt, Schlehen, Lorbeer, Liguster. Die Glyzinien blaßblau, noch ist es März. Franca kommt gelaufen, die Augen glyzinienfarben, jetzt fällt es ihm auf. Sie wechseln einen stummen Gruß, sind miteinander einverstanden. Der Commendatore wartet auf den Stufen, schüttelt ihm die Hand, lädt ihn ein, im Speisezimmer neben dem Salon, den er mit koketter Bescheidenheit sein Studio nennt, mit Franca Platz zu nehmen, sich auf einen der steifen Stühle an den Eßtisch zu setzen, und geht dann hinaus, wobei er die Tür hinter sich ein wenig geöffnet hält.

Mirko packt umständlich aus dem Zeitungspapier, was er mit einiger Mühe aus seinem Verschlag in Koper zum Bus, von diesem durch die Stadt zur Tram nach Opicina und von deren Endstation hier oben auf dem Hügel zum Hause des Commendatore getragen hat: es ist ein Mädchenkopf, sehr vereinfacht, die Augen leer wie die der alten Statuen, aber kein Blick nach innen, ein ganz und gar entrückter Blick.

Ist das – deine Freundin?

Nein. Meine Schwester.

Deine Schwester?

Sie lebt nicht mehr.

Franca verstummt, sitzt still da, als begänne sie lautlos und reglos zu weinen. Mirko, auf die Gefahr hin, daß der Commendatore durch den Türspalt hereinsieht, zieht Franca an sich und küßt sie auf die Wange. Beide schweigen, bis der alte Herr hereinkommt und Franca aufträgt, für alle Tee zu bereiten. Er winkt Mirko zu sich in seinen Salon, fragt ihn, ob er etwas für Musik übrig habe und legt, da dieser bejaht, das Tripelkonzert von Beethoven auf. Oistrach, Rostropowitsch, Richter: der Commendatore nennt feierlich ihre Namen. Mirko nickt gelehrig. Draußen in der Küche stellt Franca den Kessel auf. Etwas hat begonnen, was nicht mehr rückgängig zu machen ist.

Samstag für Samstag fährt Mirko nach Triest, er bringt immer eine oder zwei der vielen Skulpturen mit, die er im Lauf der Jahre heimlich in der Werkstatt gemeißelt, vor den Kameraden versteckt und hinter ihrem Rükken nach Hause geschafft hat. Dem Meister hat er sie gezeigt und ist von ihm ermutigt worden. Aber was versteht der bärenhafte Gigi Corgnoleto, Steinmetz aus dem kleinen Koper, slowenisch verheiratet und verwandt, von moderner Kunst? Wie könnte er es sich oder gar Mirko erklären, daß der, ohne selbst zu wissen warum und ohne irgendwelche Vorbilder zu kennen, von den süßen Grabesengeln oder den markigen Arbeitsmenschen, die Corgnoleto für Friedhöfe und Fabrikshöfe herstellt, zu so entkörperlichten, so begrifflichen Formen gekommen ist? Man muß warten, was Giuseppina sagt, doch Giuseppina ist auf Reisen und wird erst in ein paar Wochen wiederkehren. Inzwischen geht Mirko mit Franca im Garten spazieren, der schon kräftig blüht, hilft ihr Unkraut jäten oder sitzt mit ihr in der Küche, wenn sie Gemüse fürs Abendessen putzt oder Früchte für eine Macedonia schält. Sie verrichtet keine schwere Arbeit, was sie tut, könnte auch Ambrosina besorgen, doch aus irgendeinem Grund, den Mirko nicht versteht, schickt der Commendatore die Zugehfrau nach Mittag weg und Franca muß ihre Pflichten übernehmen.

Lange Zeit hat er nichts davon wissen wollen, daß Franca mit Mirko das Haus verläßt. Eines Tages aber sind dem Commendatore die Zigarren ausgegangen. Auch will er den Espresso haben, das Wochenmagazin. Er schickt Franca zum nächsten Sale e tabacchi-Laden und gibt ihr Mirko zur Begleitung mit.

Die Luft ist schwül, gewittrig. Franca sieht ein wenig blaß und abgespannt aus, als hätte sie Kopfschmerzen. Mirko legt den Arm um sie.

Meine Schwester hat viele Freundinnen gehabt. Du hast keine Freundin?

Nein.

Keine einzige, nie?

Nie.

Dann bin ich jetzt deine Freundin. Ja?

Ja. Es bringt sie zum Lachen.
Plötzlich fällt Wasser vom Himmel, blitzschnell, ein heftiger Guß. Mirko schiebt Franca unter einen Torbogen. Das Haus ist verfallen, zum Abbruch bestimmt. Die beiden Hälften des großen, verwitterten Tores nur angelehnt. Die eine öffnet sich, knarrend. Während Mirko, den Espresso über die Stirn haltend, sich vorbeugt und späht, ob der Regen bald aufhören wird, wirft Franca unwillkürlich einen Blick in den Hausflur und sieht dort zwei Menschen in wollüstiger Verschlingung. Franca erstarrt. Mirko wendet sich um und nimmt wahr, was sie gesehen hat. Doch schon stürzt Franca davon, mitten in den Wolkenbruch, Mirko läuft hinter ihr her.
Was hast du denn?
Nichts. Nichts. Ich will heim.
Mirko, neben ihr: Aber die tun doch nichts Böses. Haben sich nur gern. Wie wir.
Franca entreißt sich ihm, will nichts mehr von ihm wissen, rennt wie besessen davon und schlägt, da er ihr folgen will, das Gartentor vor ihm zu. Da steht er jetzt, im Regen, Zeitung und Zigarren in der Hand. Oben in der Eingangstür erscheint der Commendatore, umarmt Franca und zieht sie ins Haus. Das

Gartentor bleibt verschlossen. Mirko wartet eine Weile. Und geht.

Giuseppina ist zurück, sie kommt in ihrem kleinen Fiat die Serpentinen nach Opicina hinaufgefahren. Im Studio empfängt sie ihr Vetter Enrico und zeigt ihr an die fünfzehn Arbeiten Mirkos, auf zwei Abstelltischen aufgebaut: Tiere, Kinderköpfe, kleine Figuren, die ihm wenig bedeuten, nichts sind als pure glatte Form. Giuseppina prüft umständlich eine nach der anderen, während der Commendatore und Franca erwartungsvoll auf sie blicken. Zuletzt nickt sie langsam, zögernd, erwägend, aber offenbar entschlossen, etwas für Mirko zu tun.

Einen Samstag hat er ausgelassen, dann ist Mirko wieder aufgetaucht. Franca begrüßt ihn, als wäre nichts geschehen.
Es gehe ihr wieder gut?
Ja.
Sie habe auf ihn gewartet?
Ja.
Sei froh, daß er wieder da sei?
Eine vorsichtige Umarmung. Mirko ist sehr darauf bedacht, sie nicht zu verschrecken.

Doch heute erscheint sie ihm robuster, lacht unbefangen, blinzelt in die Sonne, zerrt ihn am Ärmel in die Küche, wo sie am Entkernen von Kirschen war. Draußen die Stimme des Commendatore:

Franca! Mirko! So ein schöner Tag – habt ihr Lust, mit mir in den Karst zu fahren? Jetzt ist alles voll erblüht, der Seidelbast, das Kronenkraut, der Silberginster und der wilde Wacholder, größer und dichter als in meinem Garten. Ich will sehen, was meine Hütte macht.

Ihre Hütte?

Nun ja, mein Häuschen, wenn Sie wollen. Aus der Familie meiner Frau. Wir hatten es unserem Sohn geschenkt, aber bevor er sein Studium beenden konnte, kam der Krieg.

Mirko: Er ist – im Feld geblieben?

Bauer-Bonfante nickt, so abweisend, als wäre das alles nicht mehr wahr. Dann, mit erzwungener Munterkeit: Los, Kinder. Franca, nimm einen Korb Kirschen mit. Sie gehen zum Wagen. Mit gebieterischer Geste bedeutet er Mirko, sich neben ihn zu setzen. Franca soll in den Fond.

Sie fahren durch den frühsommerlichen Karst. Nach Monrupino. Bauer-Bonfante erklärt

Mirko die Gegend, er zeigt ihm alle Sträucher, die das Hochtal und die Hänge bedecken, den Sommaco, rot und gelb, die Perückenbäume mit ihrem Wollhaar, und hält schließlich vor einem alten Bauernhaus. Zwei Bettstuben im Oberstock, unten ein großes Zimmer und eine Küche. Der Commendatore führt Mirko durch die Räume, die spärlich, aber mit wohlgezimmerten Möbeln eingerichtet sind. Franca öffnet die Fenster, sucht nach Staubtüchern Doch der Commendatore winkt ab.
Nein, nein, geputzt werde jetzt nicht. Nicht am Samstag. Ein paar Stühle vor's Haus, einen guten Grappa und die Kirschen. Kommt.
Sie stellen die Stühle und ein Tischchen in den Schatten einer Steineiche, holen eine Flasche Grappa und den Korb mit Kirschen aus dem Wagen, trinken und essen.
Na, Mirko, ist er nicht schön, der Karst? Mein Karst. ›Il mio Carso‹. Kennst du das Buch von Slataper, fragt er, ihn plötzlich duzend. Aber ich hab vergessen, du liest keine Bücher und bist am Meer zu Haus. Für uns Triestiner, Mirko, ist das Meer nicht halb so wichtig wie die Hügel hier oben, diese alten Dörfer, die Dolinen und Grotten, der graue poröse Stein.

Scipio Slataper hat die Landschaft beschrieben. Er war unser Dichter. Unser Gott. Ganze Absätze konnten wir auswendig, heute weiß ich sie noch.

Der Commendatore beugt sich vor und zitiert, mit großer Gebärde:

Karst, der du hart bist und gut. Du ruhst nie und nimmer, bist nackt im Eis und im August, du mein Karst, der du atemlos einer Bergkette zustrebst, um das Ziel zu erreichen. Doch die Berge zersplittern, das Tal schließt sich, der Bach verschwindet im Erdreich.

Mein Karst ist hart und gut. Jeder Grashalm hat den Fels spalten müssen, jede Blume die Dürre trinken müssen, um sich öffnen zu können. Deshalb ist seine Milch gesund und sein Honig duftend.

Mein Karst! Ich liebe das Wasser deiner Grotten. Ich liebe die Karstfrauen, die den Zipfel ihres Kopftuches mit den Zähnen festhalten, um sich gegen die Bora zu schützen, und in Gruppen zur Stadt hinunterziehen, das große Nickelgefäß voll warmer Milch auf dem Kopf. Es ist der weiße Streifen der Morgendämmerung, das schmerzhafte Brennen der Morgenröte zwischen dem Dunst der Stadt.

Der alte Mann, Italiener genug, um die Theatralik des Augenblicks auszukosten, streicht sich durch's dichte weiße Haar und über den Bart, er genießt den Beifall der beiden jungen Leute.

Und doch, Kinder, setzt er hinzu, Slataper hat die Tragik dieser Stadt erkannt, vorausgeahnt. In einem Brief an einen Freund schrieb er einmal: Triest besteht ganz und gar aus tragischem Geschehen.

Commendatore, sagt Mirko, mir scheint, Triest will sich selbst zerstören. Ich kann das nicht verstehen. Diese Stadt ist – verliebt in den eigenen Untergang.

Du hast recht. Auch das ist ein Erbe des alten Österreich. Ihr Slowenen könnt das wirklich nicht begreifen, ihr habt euch von Österreich befreit und nichts davon zurückbehalten. Ihr geht mit der Zeit. Sie arbeitet für euch. Für uns arbeitet sie nicht.

Warum wehrt ihr euch nicht?

Gegen wen? Gegen Rom? Gegen die Herren vom Handelsministerium, die uns den feinen Vertrag von Osimo mit deiner Regierung eingebrockt haben? Der Istrien für immer in jugoslawische Hände gibt? Der unseren Karst durch gemeinsame Fabriksanlagen zerstören

und unsere Luft verpesten wird? Der die Küstengewässer in unserer Bucht euren Fischern überläßt und die eigenen um ihr Brot bringt? Aber ich habe vergessen, Mirko, dein Vater ist Fischer in Jugoslawien.
Es geht ihm nicht besser und nicht schlechter als seinem Vater. Mit den Herren von unserer Regierung hat er nichts zu tun. Ich auch nicht. Aber wenn man mir mein Brot nimmt, wenn man meine Luft verpestet, dann tu ich was.
Habt ihr was getan?
Wir haben protestiert.
Und?
67 500 legale Unterschriften gegen Osimo. Wir haben alle unterzeichnet. Die ganze Bevölkerung, Rechtsanwälte, Lehrer, Gastwirte, Hafenarbeiter. Quer durch alle Parteien. Für einen Freihafen Triest, wie wir ihn in der Vergangenheit hatten. Gegen Osimo.
Was ist damit geschehen?
Nichts. Unser Parlament hat den Vertrag bestätigt. Der Staatspräsident hat ihn ratifiziert. Der wird nicht mehr rückgängig gemacht. Und damit basta. Aber hören wir mit dem Politisieren auf. Du bist so still, Franca. Schweigst wie immer. Was redet ihr eigentlich miteinander, wenn ihr allein seid, Mirko?

Wir reden nicht viel. Wir verstehen uns auch so.
Er erzählt mir von seiner Familie, sagt Franca.
Und sie mir nie von ihrer.
Alle drei schweigen betreten. Du fragst sie doch nicht danach, sagt der Commendatore.
Nein, ich frag sie nicht. Ich frag sie nichts, was sie mir nicht von selber sagt.
Der Commendatore staunt, wie ruhig Franca das aufnimmt.
Mirko denkt darüber nach, sagt sie, ob er aus Capodistria weggehen soll. Zu uns nach Triest. Seine Eltern wären traurig, meint er, aber sie würden es verstehen.
Mirko wirft ein: Es sind ja noch zwei kleine Brüder da.
In unsere sterbende Stadt willst du ziehen? fragt Bauer-Bonfante mit kaum merklichem Spott. Aus deinem fortschrittlichen Land?
Was nicht ganz tot ist, erwidert Mirko, kann man zum Leben erwecken. Denk ich mir. Man muß es jedenfalls versuchen. Als Kind hab ich Arzt werden wollen. Bevor ich – bevor ich mit dem Steinschneiden angefangen hab. Das war, wie meine Schwester gestorben ist. An der Diphterie. Ich hab sie gepflegt.

Der Vater war in der Arbeit und die Mutter hat sich um die Kleinen gesorgt. Mir ist sie weggestorben.
Das ist ihr Kopf, sagt Franca, den er gemacht hat. Der bei Ihnen im Studio steht.
Der steht nicht mehr lange da, sagt Bauer-Bonfante. Morgen holt Giuseppina alle Skulpturen ab. In zwei Wochen, Mirko, vergiß nicht, wird die Ausstellung eröffnet.
Mirko, ängstlich und bescheiden: Ja.
Eine Runde Grappa noch, Francas Glas nur halb gefüllt. Dann stellen sie die Stühle und den Tisch ins Haus, schließen Fenster und Läden und gehen, im ersten Windhauch nach dem Verschwinden der Sonne, zum Wagen.

Der Commendatore telefoniert mit Benvenuto Tecchi, Giuseppinas Patenkind. Er sieht ihn vor sich, den Sohn aus gutem Hause, der zum Armendoktor geworden ist, ein behäbiger junger Mensch, Gesicht und Körper noch kindlich verfettet, mit Kraushaar, Stupsnase, Patschhändchen, einem wiegenden Gang. Und doch ist dieser Tecchi behend im Geiste, dabei gelassen, ohne die nervöse Energie, das Flackern des gleichaltrigen Vittorio.
Ja, sagt der Commendatore auf die Frage des

Arztes, Franca gehe es gut, nichts von dem, was er meine, habe man in der letzten Zeit gemerkt. Der Slowene? Er, Bauer-Bonfante, sei Tecchis Rat gefolgt und habe den Burschen immer wieder kommen lassen. Mirko, so heiße der nämlich, habe Geduld, stelle keine Fragen, benehme sich rücksichtsvoll und sanft. Es sei ihm gesagt worden, daß er sich Zeit lassen müsse. Mehr nicht. Warum nicht? Ja, um Himmels willen, Dottore, wollen wir den Menschen verschrecken? Auch für Franca sei es keinesfalls gut, wenn ihm alles gesagt werde – das denke Tecchi nicht? Er, Bauer-Bonfante, sei sehr wohl der Meinung, daß sie vor Neugier, vor falschem Mitleid, vor törichtem und ungestümen Drängen zu schützen sei. So? Nun, da wäre man eben verschiedener Ansicht. Wieder einmal, wie schon mehrmals zuvor.

Übrigens, noch etwas, dieser Mirko sei Steinmetz, mache aber kleine Skulpturen in seiner Freizeit. Giuseppina – habe sie's ihm etwa erzählt? Ach so, Tecchi rede nicht mit ihr über ihren Beruf, wie sie nicht mit ihm über den seinen. Giuseppina also halte ihn für begabt, wolle ihn ausstellen in ihrer Galerie. Nein, Franca werde er nicht zur Vernissage gehen lassen, zu viele Menschen, zu viel Aufregung. Sie finden, ich übe Autorität aus, Macht, genau was ich nicht soll? Aber ich will ja nur ihr Bestes. Warten wir's ab, Dottore. Wenn es so weitergeht, wenn nichts dazwischen kommt. Na dann, addio. Der Commendatore hängt ab. Den Seufzer, den Tecchi am anderen Ende ausstößt, hat er nicht mehr gehört.

Vernissage in der Galleria La Lanterna. Die ineinandergehenden Räume, künstlich beleuchtet trotz des Frühsommerabends, weil das Erdgeschoß in der Via San Niccolò immer dunkel ist, dicht gefüllt mit Menschen. Lärm. Gläserklirren. Die elegante Jugend von Triest ist vollzählig erschienen, auch einige Muleria ist da, weder Pferd noch Esel, weder Fisch noch Fleisch, weder Kind noch erwachsen also, Muleria, die noch die Schulbänke drückt, aber schon die goldenen Wege des divertirsi geht. Bei solchen Anlässen will man in dieser Stadt vergessen, daß man vergessen am Rande Italiens lebt, will sich nach venezianischem Vorbild modisch, elegant und weltmännisch geben, will teilhaben an den neuen Strömungen des Kunstbetriebs. In einer Ecke lehnt Vittorio Bonfante, mit Absicht von der

Menge distanziert, den Rummel spöttisch betrachtend. Während er wartet, dringt das Geschwätz der Gäste an sein Ohr.
Ist Graziella schon da?
Wie findet ihr die Skulpturen?
Interessant. Interessant.
Er hat die Glätte von Manzù.
Ein Miniatur-Brancusi, schon eher.
Warum ist das alles so klein?
Und aus Stein?
Hat wahrscheinlich kein Geld für Marmorblöcke.
Oder Bronzegüsse.
Wo ist er denn?
Dort drüben.
Schöner Bursch. Einer von diesen slawischen Naiven.
Wann kommt Graziella?
Also, Kinder, der Mann hat jedenfalls Talent.
Mich erinnert er an die Hepworth.
Aber nein, geht viel weiter zurück. Auf Hans Bellmer.
Von dem hat er noch nie gehört.
Natürlich nicht, darum ist er so gut.
Wo steckt denn Graziella?
Vittorio ist schon da.

Jedenfalls strahlt Giuseppina.
Hat wieder einmal eine Entdeckung gemacht.
Kinder, wohin gehen wir nachher?
Zu Mackinleys in Monfalcone?
Lieber zum Trovatore in Perteole.
Na endlich, Graziella. Wo warst du denn so lang?

Durch die Menge drängt sich ein großes, sehr schlankes, auffallend in enge weiße Hosen gekleidetes Mädchen, dunkelblonde Löwenmähne, kühnes Profil. Man heißt sie stürmisch willkommen. Vittorio löst sich aus seiner Ecke, geht auf sie zu, die beiden tauschen eine flüchtige, aber intime Begrüßung. Dann wendet sich Graziella den Exponaten zu, prüft sie mit Kennerblick. Sie sucht Giuseppina.
Schön, sehr schön. Eine wahre Trouvaille, meine Liebste. Ich gratuliere.
Die beiden haben Küsse auf die Wange getauscht. Giuseppinas Blick ruht auf Graziella mit der Bewunderung der ältlichen Junggesellin für die anziehende junge Frau.
Ob sie ihr den Künstler vorstellen dürfe. Giuseppina holte Mirko herbei, der an der Türschwelle des Hinterstübchens gestanden ist und sich ins Gewühl nicht wagen wollte.

Auch die Dame in Hosen, ganz anderen Hosen, als man sie in Koper trägt, erschreckt ihn, doch es schmeichelt ihm, was sie über seine Skulpturen sagt. Sie redet auf ihn ein, huldvoll lächelnd, voll Anspielungen und Anzüglichkeiten, die er nicht versteht, in einem viel zu raschen und dennoch lässigen Italienisch. Er ist so angezogen wie abgestoßen, weiß sich nicht zu retten, nicht auszudrücken, nicht einmal zu bewegen, zieht die Schultern ein und fühlt sich erleichtert, als Vittorio, gegen den er immer eine unerklärliche Abneigung empfunden hat, sich nähert und zu ihnen tritt.
In knapp drei Monaten, sagt Vittorio zu Mirko, haben Sie Triest erobert. Meinen Glückwunsch. Und zu Giuseppina, mit Seitenblick auf ihn: Kommt Franca nicht? Du hast sie doch eingeladen?
Giuseppina begreift. Sie wendet die Augen von Vittorio auf Graziella. Onkel Enrico, sagt sie, ist gestern mit Franca hier gewesen. Sie wollten sich den Wirbel ersparen. Im Grunde, erklärt Giuseppina betont, hat Franca unseren jungen Freund entdeckt.
Mirko fühlt sich unbehaglich, auch traurig, er hat auf Franca gewartet, ja, nicht daran gezweifelt, daß sie kommen würde. Wieder ist

ihm etwas verschwiegen worden, hat man ihn im dunkeln gelassen, wie oft zuvor. Nun, ruft Graziella und berührt seine Schulter, wir wollen ihn alle entdecken. Kommen Sie, Mirko, erklären Sie mir diesen Kopf. Was soll das heißen, hier im Katalog, Nummer 7 – Verklärung?
Signorina Giuseppina habe den Skulpturen die Namen gegeben, erwidert er hilflos. Sie hängt sich in ihn ein und zerrt ihn weiter. Zurück bleiben Vittorio und Giuseppina, sie sehen einander vielsagend an. Immer mehr Leute treffen ein. Da und dort findet sich bereits ein Käufer. Giuseppina klebt rote Scheibchen an den Sockel der betreffenden Figur. Zu vorgerückter Stunde kommt noch ein Besucher, äußerst nachlässig gekleidet, mit abwesendem Blick im leicht verfetteten Kindergesicht. Von Giuseppina herzlich begrüßt, von den anderen nicht zur Kenntnis genommen, geht er rasch durch die Ausstellung, überfliegt die Figuren, läßt sich von weitem Mirko zeigen, der mit schwimmenden, von ein paar Gläschen Wermut bereits getrübten Augen dicht neben Graziella steht, runzelt ein wenig die Stirn und empfiehlt sich wieder. Giuseppina begleitet Benvenuto zur Tür.

Graziella ist nicht mehr von Mirkos Seite gewichen. Die Muleria hat sich entfernt, doch die ältere Jeunesse dorée, Graziellas Freunde, stehen noch unschlüssig in der Galerie herum.
Also wohin jetzt?
Entschließt euch.
Zum Conte di Montecristo.
Aber nein. Dahin geht kein Mensch mehr.
Zuerst einmal essen in den Playboy. Dann in den Trovatore. Dann können wir ja weitersehen.
Wieviele Wagen haben wir?
Mirko Stopar kommt mit uns.
Graziella zieht Mirko zu Giuseppina und sagt zu ihr, mit ihrem berückendsten Lächeln: Du hast doch nichts dagegen, Liebe, daß wir deinen Künstler entführen. Seine erste Vernissage – die müssen wir feiern. Giuseppina möchte widersprechen und weiß nicht wie. Na schön, aber bringt ihn nachher hinüber, nach Capodistria. Er muß morgen zur Arbeit.
Zur Arbeit?
Er ist Steinmetz.
Nicht möglich, ruft Graziella lachend. Gib zu, Giuseppina, das ist wieder eine von deinen Geschichten. Ein Naturtalent, wie? Damit es noch geheimnisvoller wird.

Hause, schleicht die brüchige Treppe zu seinem Verschlag hinauf und wirft sich aufs Bett. Draußen geht die Sonne auf.

Dann: Schweigen. Der slowenische Handwerker, der Sohn des Fischers Luka Stopar ist verschreckt von der Stadt Triest, will nicht wieder hin, hat sich in seine Werkstatt, in seine Kammer zurückgezogen. Frühmorgens, bevor die Kameraden kommen, arbeitet er an einer Figur in halber Lebensgröße, die ihm nicht gelingen will, er hat Mühe, sie jedesmal rechtzeitig zu verstecken. In seinem Verschlag modelliert er einen Kopf in Ton, aber auch der will ihn nicht freuen, mißmutig knetet er ihn immer wieder zu einem Klumpen. Er geht, die Tage sind lang, nach der Arbeit in der beginnenden Dämmerung ans Meer. Er denkt nicht. Er wartet drauf, daß sich etwas entscheidet. Wenn die Dinge sich ändern in seinem Leben, wenn ein neuer Weg eingeschlagen werden soll, überläßt Mirko sich einer ihm wohlvertrauten Kraft, die ihn schiebt, in diese oder jene Richtung. So hat er es gehalten, als er die Hoffnung aufgab zu studieren, um Arzt zu werden, und wie ein Mann mit verbundenen

Augen, den einer führt, zum Steinmetzmeister Corgnoleto in die Werkstatt ging. So ist er eines Samstags, ohne je zuvor den Wunsch danach gespürt zu haben, zum Kauf einer Lederjacke in den Autobus nach Triest gestiegen. Nicht für Schwäche hält er, sondern für Stärke, für Hellhörigkeit, für ein williges Einverständnis mit seinem Schicksal, wenn er dem nicht widersteht, was seine Zukunft besser kennt, als er selbst sie zu ahnen vermag.

Giuseppina indessen hat sechzehn von zweiundzwanzig Skulpturen verkauft und vier Leuten abgesagt, die den Kopf der Schwester Mirkos erwerben wollten, bis Franca eines Tages in der Galerie erschien und ihn mit sich nahm. Vittorio hat sie im Auto abgeholt und hinbegleitet, sie wollte, da Mirko seit Wochen nicht nach Triest gekommen ist, die Ausstellung noch einmal sehen. Langsam hat sie eine Figur nach der anderen betrachtet, und, wie sie es von Mirko sah, die leicht gekuppte Hand über diese oder jene Rundung gehalten, ohne sie zu berühren, nachzeichnend die weiche Kurve, die seine Hand gemeißelt hat. Sie finde das alles wohl schön, hat Vittorio sie gefragt. Wahrscheinlich, weil sie ihn möge.

Aber nein, das dürfe er nicht sagen, auch wenn es nicht von Mirko wäre, gefiele es ihr. Vittorio, den sie als einen Verwandten zu betrachten gewöhnt ist, und der nie anders als in burschikosem, onkel- oder vetternhaftem Ton mit ihr umgeht, spricht dann mit veränderter Stimme zu ihr und fragt sie, wie gern sie Mirko habe – wie einen Bruder oder wie einen Mann. Franca schlägt die Hände vors Gesicht und sagt: Frag mich nicht. Vittorio weiß, er ist zu weit gegangen. Er hilft ihr, den Kopf vom Sockel zu heben, in sein Auto zu schaffen und hinauf nach Opicina zu bringen. Dort steht das Bildnis des fremden Mädchens in Francas Zimmer. Es wacht über sie und Mirko, es blickt sie an aus leeren Augen. Und Franca sieht es schwesterlich an.

Das Schicksal hat sich gemeldet. Ihrem Sohn, der wieder einmal von einem Gang ans Meer ins Fischerhaus zurückkehrt, übergibt Mirkos Mutter einen Brief. Sie hat die Hände an der Schürze abgewischt, bevor sie ihn vom Postboten entgegennahm, und wischt sie wieder ab, ehe sie ihn aus der Schürzentasche holt. Der Vater ist nicht da, die kleinen Brüder sitzen im Haus und löffeln Suppe, Mirkos Mutter wartet schweigend, daß er den Brief öffnet und ihn liest. Der Brief ist von Giuseppina. Sie schreibt, daß die Ausstellung schließt, daß alles verkauft ist außer ›Verklärung‹ und ›Möwe‹, und ein Atelier in der Via del Monte für ihn bereitsteht. Obwohl nichts in seinem Gesicht sich bewegt, weiß seine Mutter, es ist beschlossen. Sie trocknet mit dem Schürzenzipfel ihre Augen und wendet sich ab.

Mirko liegt unbeweglich auf seinem Bett. Noch ehe es Morgen wird, im Dunkel, steht er auf, packt langsam und umsichtig seine Sachen zusammen, sein Werkzeug, ein paar Kleider, legt sie in den zerbeulten Koffer und läßt das Schloß unhörbar einschnappen. Er schreibt ein paar Zeilen auf ein Blatt Papier, stellt die Skulptur zweier kleiner Fische, die er als erste gemacht und als einzige zurückbehalten hat, auf den rauhgezimmerten Tisch vor dem Dachfenster, lehnt das Blatt Papier daran und sieht sich noch einmal um.

In ihrer Stube, neben dem schlafenden Mann, ist Mirkos Mutter aufgewacht. Mirko, den Koffer in der Hand, öffnet leise die Tür zum Elternzimmer. Seine Mutter stellt sich schlafend, die Hände vorm Gesicht. Er geht auf Zehenspitzen hinaus. Sobald die Tür sich hinter ihm geschlossen hat, setzt die Mutter sich auf. Sie weint nicht, aber sie bleibt unbewegt sitzen, bis es hell wird und der Vater sich regt. Mirko hat unten in der Küche einen Blick auf die Brüder unter ihrer Decke geworfen und ist dann, ein trüber Morgen, die Sonne verhängt, durch das noch menschenleere Koper über die Landzunge zur Autostraße gegangen, die nach Italien führt.

Mirko in der Galerie, wo Giuseppina ihn glücklich begrüßt und ihm in einem Umschlag Geld, eine hübsche Menge Geld, übergibt. Mirko in der Via del Monte, wo ihn der Hausmeister ins Gartenzimmer führt, die Läden aufstößt, Licht einströmen und die Palmen und Ziersträucher des steil abfallenden Parks der Familie Coloni sichtbar werden läßt. Mirko in Opicina, wo Franca ihn wortlos begrüßt, ein wenig blaß, mit abwesendem Blick, aber ohne den geringsten Vorwurf, als wäre er nie fortgeblieben, und ihn zum Commendatore bringt, der ebenfalls nichts dergleichen tut. Es ist, als wäre eine Wand zwischen ihm und den beiden, erst nach einer Weile scheint sie sich aufzulösen, werden die Umrisse wieder klar.

Jetzt bleibe er in Triest, sagt Mirko. Jetzt wolle er auch Francas Porträt machen, wenn sie für ihn sitzen wolle, wenn der Commendatore es erlaube. Aus Speckstein, fragt Franca, zum ersten Mal mit einem Anflug von Humor. Auf keinen Fall, für sie wolle er istrischen Marmor nehmen, leicht gelblich sei der, ein schöner Stein. Der Commendatore nickt, doch Mirko wird nun hinausbefördert. Franca fühle sich heute nicht wohl, wird ihm bedeutet, aber kein Grund mitgeteilt. Mirko geht, er steigt in die Tram, die steil hinunterfährt zur Piazza Oberdan, von der es nicht mehr weit ist in die Via del Monte. Er betritt, zum zweiten Mal an diesem Tag, der so früh begonnen hat und jetzt erst dämmert, sein Atelier. Vor ihm steht Graziella und hüllt ihn in ihre weiten Ärmel ein.

Mirko ist Triestiner geworden. Doch wie ein Fremder wandert er, wenn er nicht in seinem Atelier, das er sich mit Drehböcken und Drehscheiben, mit Steinblöcken verschiedener Größe, mit Tonvorräten und sogar einer großen Winde eingerichtet hat, an der Arbeit ist, durch die Straßen der Stadt. In seiner eigenen Straße sieht er hinauf zum Hügel von Opicina und hinab zum Meer. An der Wand eines Hauses tiefer unten liest er immer wieder im Vorübergehen die Worte des Dichters Umberto Saba:

A TRIESTE OVE SON TRISTEZZE MOLTE
E BELLEZZE DI CIELO E DI CONTRADA
C'É UN'ERTA CHE SI CHIAMA VIA DEL MONTE.

Er steht auf der weiten, luftigen Piazza Unità d'Italia und studiert Ulderino Moros Palazzo Pitteri aus dem achtzehnten Jahrhundert, das Rathaus, von Giuseppe Bruni dem Louvre nachempfunden, und das Pseudo-Renaissancehaus des Österreichischen Lloyd, errichtet von Heinrich Ferstel in der Gründerzeit. Er hat sich Broschüren gekauft, um darin die Namen der Architekten zu suchen und zu erfahren, wo die Prunkbauten, die Museen und Monumente zu finden sind. Er bewundert die Börse mit ihren dorischen Säulen, die Galerie des Tergesteo und, am Ende des Kanals, San Antonio Nuovo, die schönste Kirche von Triest. Er geht zum Brunnen vor der Hauptpost und bedauert die Nereide, die neben den beiden Tritonen schwer an der üppig geschwungenen

Muschel trägt. In den Palais der alten und ausgestorbenen Familien, der Revoltella, Sartorio, Morpurgo, Stavropulos, macht er sich vertraut mit römischen, zypriotischen, hellenistischen Skulpturen wie mit den epigonalen Schöpfungen von Bildhauern der jüngeren Vergangenheit. Ohne einen Kenner oder Kundigen zur Seite, und wäre es auch nur der Steinmetzmeister Corgnoleto gewesen, prüft Mirko an diesen Bildwerken von Pietro Magni, Domenico Trentacoste oder Leonardo Bistolfi, wie weit er selbst, ohne zu wissen warum, sich entfernt hat von ihrer Art, die Natur durch die Augen von Menschen, die vor Jahrtausenden gelebt haben, zu sehen. Und wenn auf dem Hügel von San Giusto, wo zwischen der Kathedrale und den Mauern des Kastells, bedeckt mit wild wuchernden Kräutern und Säulenresten, das Trümmerfeld der uralten Basilica Forense liegt, sein Blick auf das große Bronzedenkmal für die im Irredentistenaufstand gefallenen Freiwilligen fällt, durchschauert es ihn in der heißen Julisonne und er bedeckt das Gesicht mit der Hand.

Ist es ein Doppelleben, das er führt? Kann man so nennen, was er ohne Arglist, ohne

Schuldgefühl, zu verneinen weiß und für ganz unbedenklich hält?
Wie Mirko neuerdings nicht nur mit Meißeln aller Art, weich oder hart angesetzt mit Hilfe von Holzschlägeln, Eisenschlägeln, Stahlschlägeln, sich an Marmor, Granit, Basalt und anderem Gestein versucht, sondern auch mit seinen bloßen Händen Gebilde aus Ton, oder aus mit Feldspat, Quarzsand oder Schamottemehl vermengter Tonerde formt, wechselt er von Besuchen in der Villa Bauer-Bonfante zu Ausflügen mit Graziella in die nähere Umgebung. Sie fahren nicht in den Karst, denn der gehört Franca und dem Commendatore, mit denen Mirko manchen heißen Sommernachmittag oben in Monrupino verbringt. Im offenen Wagen Graziellas rasen sie über die Küstenstraße, halten an Weinschenken, baden an den Stränden von Duino oder Grado und tanzen später noch in einem Nachtlokal. Das mag ein paar Tage so gehen, bis Mirko wieder auf zwei oder drei Wochen verschwindet. Dann kämpft er mit einer Steinfigur, die er aus einem meterhohen Block, viel Geld hat dieser gekostet und ihn mit spärlichen Reserven zurückgelassen, hervorzuholen er sich müht: ein Ersatz für die, welche er in Koper

hat zurücklassen müssen. Graziella, die ihn in solchen Zeiten nicht besuchen darf, ist ärgerlich über die vielen Stunden, die er an diese Arbeit verschwendet. Sie hat gemerkt, daß seine Mittel knapp geworden sind und ihn aufgefordert, ein Porträt von ihr zu modellieren, das ihr Vater auch angezahlt hat, was Mirko die Notwendigkeit auferlegt, andere Pläne aufzuschieben. Einmal, in Bauer-Bonfantes Küche sitzend, wo Franca Sankt Petersfische enthäutet und in der Pfanne mit Wasser und Weißwein schmort, Mirko ist an diesem Abend eingeladen, fühlt er sich in die Enge getrieben, als sie ihn fragt, wann er denn anzufangen gedenke. Womit, Franca? Nun, mit meinem Kopf. Bald, Cara, bald, erwidert Mirko, ich muß noch einen Auftrag ausführen, der schon zur Hälfte bezahlt ist. Ach, sagt Franca nur. Er umarmt sie liebreich, denn das darf er und nicht mehr. Aber als er gegen neun, so früh wird er hinauskomplimentiert, die steile Straße entlang der Tram nach Triest hinabläuft, hinein in den Sternenteppich der Stadt, der ihn immer wieder entzückt, steigen ihm zum ersten Mal Zweifel auf, ob seine Geduld sich nicht eines Tages als erschöpfbar und die Ausflucht, die sich ihm angeboten und zu der er gegriffen hat, sich dann nicht als alles andere als harmlos, ja vielleicht sogar als bedrohlich erweisen wird.

Mirko und Graziella im Atelier. Die Tür zum Garten steht offen, schwüle Feuchtigkeit, es hat ein Spätsommergewitter gegeben, dringt ein. Mirko am Drehbock trägt unwillig Ton auf, wo Graziellas Wangen noch zu schmal sind, ihre Backenknochen zu wenig betont.
Du siehst, wie gut das geht, sagt Graziella. Ich wußte schon bei der Vernissage: du mußt weg vom Stein. Ton, das ist dein Material. Du hast starke Hände, aber auch zarte Hände. Zärtliche Hände. Du modellierst beim Reden, das hab ich gemerkt, da war es mir klar.
Mirko ist gewandter geworden, er artikuliert sich ohne Schüchternheit. Ich weiß nicht, ob du recht hast, Graziella. Stein, das ist etwas besonderes für mich. Den muß man erwecken. Man muß Mut haben, aber auch Vorsicht. Eine einzige falsche Bewegung ist nicht wieder gutzumachen. Und ich war so froh, als ich endlich Geld hatte für einen großen Marmorblock.
Ton ist doch viel subtiler, Mirko. Weicher, nachgiebiger.

Ach, das scheint nur so. Wenn einmal der Bronzeguß da ist, wirkt er hart und tot. Der Stein bleibt lebendig.
Komischer Mensch, ruft Graziella. Für heut hab ich genug von dir. Sie rafft ihre Tasche, ihr Seidentuch von der Chaiselongue und läuft hinaus. Mirko zuckt die Achseln, taucht die Rupfentücher in Wasser und umwickelt mit ihnen Graziellas Kopf, bis nicht der geringste Umriß mehr davon zu ahnen ist.

Herbstbeginn. Zuweilen Morgennebel. Dann bricht gegen Mittag die Sonne durch. Eine Nebelwand auch zwischen Mirko und Franca, die zu durchdringen ihm nicht gelingt. An manchen Tagen erschreckt das Mädchen ihn durch einen jähen Aufschrei, einen plötzlichen Tränenausbruch, wenn nichts anderes geschehen ist, als daß der Commendatore, aus politischem Anlaß, heftig auf den Tisch geschlagen, oder Ambrosina allzu laut an die Tür geklopft hat. An anderen Tagen läßt der Commendatore ihn gar nicht ein, behauptet, Franca habe Migräne, dürfe nicht gestört werden, liege still im verdunkelten Raum. Wenn er sie dann wiedersieht, immer dieses Aufleuchten, diese jähe Helligkeit in ihrem ernsten Gesicht, die ihn so rührt, daß er bereit ist, jedes Opfer für solche Augenblicke zu bringen. Auch das Opfer, sich zuweilen stundenlang im Studio des Commendatore aufzuhalten, während dieser ihm von vergangenen Wirrnissen dieser Stadt erzählt. Von den Jahrzehnten zwischen den beiden Kriegen, in denen die Hoffnung, Triest werde, vereint mit Italien, zu ungeahnter Blüte gelangen, sich nicht erfüllte und Enttäuschung um sich griff. Über das Ende des faschistischen Regimes, mit dem man sich hatte arrangieren müssen, und den Einmarsch der Deutschen 1943, nachdem die Stadt mit den istrischen Provinzen in den Gau Adriatisches Küstenland zusammengefaßt worden war. Wieder einmal war es Zeit, sagt Bauer-Bonfante, sich der väterlichen Abkunft zu schämen, da die neuen Herren sich derselben, schon bei den Irredentisten verhaßten Sprache bedienten. Wie dann zwei Jahre drauf Titos Leute in die Stadt drangen und jene italienischen Partisanen, die sich gleich ihnen gegen die deutschen Besetzer erhoben hatten, unbarmherzig hinmetzelten in tagelangen Kämpfen, denen auch die Ankunft der siegreichen Briten und Neuseeländer keinen Einhalt bot. Vierzig schreckliche Tage hätte das

Massaker gewährt, bis am 12. Juni 1945 die Jugoslawen bereit waren, sich hinter die Morgan-Linie zurückzuziehen. Aber auch damit sei nicht beendet gewesen, was diesen Winkel Europas von neuem ins Unglück stürzte, was Familien und ihre Besitzungen hier und in Istrien auseinanderriß. In zwei Zonen hatte man Triest und die Küstenstädte geteilt, hatte die erste Italien, die zweite Jugoslawien zusprechen wollen. Gegen die Briten, die all dies als Vertreter der Alliierten vom Kastell aus dekretierten, hatte man sich nun, im Jahr 53, aufgelehnt. General Winterton habe der Mann geheißen, der den Slawen besser gesinnt war als den Italienern und die Triestiner Proteste abwies, blutig unterdrückte mit Waffengewalt. Schließlich war die Teilung de facto, wenn auch nicht de jure vollzogen, marschierten eines Tages auch die Briten wieder zum Tor hinaus, fand man sich ab damit, daß die eigenen Bauernhöfe, wie der des kürzlich verstorbenen Bruders Carlo Bauer-Bonfante in Rovigno, jenseits des jugoslawischen Stacheldrahtes lagen. Aber Massimo, der ihn von dem kinderlosen Onkel geerbt hätte, war ja vor Salerno geblieben, und so wurde denn das kleine Gut um einen Spottpreis verkauft. Einsame Jahre für den Commendatore, traurige Jahre auch für Triest, dessen Hafen sich immer mehr leerte. Dann, im September 1975, der Vertrag von Osimo, noch nicht ratifiziert, aber ausgehandelt zwischen den Jugoslawen und der christdemokratischen Regierung, die endlich Ruhe haben wollte in einer Region, an der Rom nur wenig gelegen war. Der Commendatore hat, wenn er von dieser letzten Entwicklung im Triestiner Drama spricht, plötzlich feuchte Augen, wie Mirko sie weder bei dem Bericht über Massimos Tod noch bei dem über das Sterben seiner Frau an ihm beobachtet hat. Den Ortsbehörden habe man die Zustimmung zu diesem Abkommen abgerungen, denn der Verfassung nach sei das Abtreten von Staatsgebiet dem Gutachten der betroffenen Bevölkerung vorzulegen gewesen, in diesem Fall der Verlust nicht etwa Istriens, sondern des Karstgebiets, in dem die gemeinsame Industriezone geplant worden war. Monate später hätten dann zwei Frauen, Aurelia Gruber Benco und Letizia Fonda Savio, zusammen mit Gianni Giuricin ein Zehnerkomitee gegründet, zum Zweck einer Bürgerinitiative für einen neuen Gesetzesentwurf. Nicht einen industriellen Freiraum im Karst, sondern eine Handelsfreizone für ganz Triest und seine Provinz hat man durchsetzen wollen und beim obersten Kassationsgericht auch in Vorschlag gebracht. Der Bruch des empfindlichen Gleichgewichtes auf ökologischem, ethnischem und wirtschaftlichem Gebiet hat man als Grund angegeben, ist aber damit nicht durchgedrungen. Wie ich dir schon bei unserem ersten Besuch in Monrupino sagte, Mirko, erinnerst du dich? Im vergangenen Februar wurde der Vertrag vom Staatspräsidenten ratifiziert. Dabei halten wir nun. Und was das Schlimmste ist – unsere Zeitung, unseren ›Piccolo‹ hat uns die Regierung auch noch entzogen. Der Verkauf an Rizzoli ist perfekt. Die Democristiani haben ihn geschluckt. Jetzt ist uns allen das Sprachrohr genommen. Jetzt bleiben uns, wenn wir unsere Wünsche und Absichten publizieren wollen, nur Leserbriefe oder zu Überpreisen bezahlte Annoncen. Und die Straße, Mirko. Aber was fängt ein alter Liberaler wie ich mit dem Schlagwort ›die Straße‹ an?

Dies bei einem letzten Gespräch Ende September, als Franca wieder einmal den ganzen

Nachmittag unsichtbar bleibt und sogar Ambrosina, die Zugehfau, das Essen zubereitet hat. Tags darauf plötzlich wieder Hitze, ein Altweibersommer kündigt sich an. Mirko, der trotz allem die Arbeit an Graziellas Büste unterbrochen, das halbfertige Porträt in Gips gegossen und erst einmal beiseitegestellt hat, aber auch keine Lust empfindet, an der großen Steinfigur herumzumeißeln, schlendert durch die Stadt, über die Piazza Unità und am Caffè degli Specchi vorbei. Dort sitzt Vittorio, zeitunglesend, im Abendlicht.
He, Stopar.
Ach Sie, Dottore.
Setzen Sie sich zu mir, einen Augenblick. Sie weichen mir aus, wo Sie mich sehen. Wir sollten einmal miteinander reden.
Mirko, verlegen: Aber gern.
Was halten Sie von der Situation, fragt Vittorio. Und da Mirko zögert: Na, von unserer Situation in Triest. Sie sind ja lange genug da. Welcher Partei würden Sie sich anschließen, wenn Sie Triestiner wären?
Mirko sagt vorsichtig: In Jugoslawien war ich Kommunist.
Natürlich. Vittorio will das nicht in Frage stellen. Aber hier?

Hier wär ich's wohl nicht.
Mensch, reden Sie nicht um den heißen Brei herum. Bei uns sitzen keine Spitzel, die Sie bei der Geheimpolizei denunzieren. Wir sind in einem freien Land.
Im Käfig, sagt Mirko, in einem freien Land.
Schon besser. Im Käfig. Sie haben ganz recht.
Nun also?
Ich würde alles tun, um den Freistaat durchzusetzen. Genau wie Sie. Ich weiß, Sie sind in der Radikalen Partei. Ihr Führer ist Pannella, ein merkwürdiger Mann. Schön – aber macht sich nichts aus Frauen. Fastet wie Gandhi, um seinen Willen durchzusetzen. Nicht nach meinem Geschmack.
Stopar, ruft Vittorio flackernd, ich sage Ihnen, wir haben keine Wahl. Die Kommunisten sind für Osimo, für den Ausverkauf an Jugoslawien. Die Democristiani haben den Vertrag gemacht. Mit den Neo-Faschisten kann sich nur einlassen, wer nichts aus der Geschichte gelernt hat. Die Liberalen sind überaltert, haben zu wenig Durchschlagskraft. Und Aurelia Gruber Bencos Independisti – die Triestiner Freihandelszone allein ist noch kein Programm. Wer bleibt übrig? Wir.
Mirko lächelt. Vittorio winkt den Kellner

herbei, bestellt Punt e Mes für beide, scheucht ihn dann gleichsam fort. Ich weiß, sagt er, wieder heftig werdend, viele nehmen uns nicht ernst. Aber wir haben Volksgesetze durchgebracht, haben Unterschriften gesammelt. Vier Vertreter im Parlament in Rom, und was haben wir alles erreicht! Für mich, Stopar, gibt es nur den Glauben an diese Partei oder – auswandern wie alle, denen an irgendeiner Zukunft liegt. Wissen Sie, wie viele Pensionisten wir haben in Triest? Mehr als ein Drittel. Nur die Alten bleiben zurück und die Taugenichtse, eine Handvoll blasierter Jugend, die vom Geld ihrer Eltern lebt.
Ihre Freunde.
Was fällt Ihnen ein? Ach so. Ja, ich gebe zu, ich habe mich mit Graziella eingelassen. Dann und wann. Wenn ihr niemand anderer wichtiger ist. Graziella ist ein Sonderfall. Klug, gebildet – und natürlich schön. Aber launenhaft. Verwirrt. Unglücklich im Grunde. Eins von diesen schönen Mädchen, die zuletzt allein bleiben, weil keiner ihren wahnwitzigen Ansprüchen genügt. Ihnen hat sie auch den Kopf verdreht.
Wenn Sie es so nennen wollen.
So will ich es nennen. Und Sie sind drauf und

dran, den Kopf ganz zu verlieren. Und Franca zugrunde zu richten.
Was wissen Sie von Franca?
Mehr als Sie.
Das glaub ich gern. Weil ich nämlich immer noch nichts von ihr weiß. Niemand sagt mir, was mit ihr los ist. Es heißt, sie ist krank. Was ist das für eine Krankheit? Ich merke nichts davon.
Gut, sagt Vittorio. Wenn Sie etwas davon merken, ist es zu spät. Franca hat eine furchtbare Jugend gehabt. Man muß ihr jeden Schmerz, jede Aufregung ersparen. Sie, Stopar, haben es in der Hand.
Ich habe es in der Hand. Das hör ich immer. Ich muß Geduld haben, sagt man mir. Mehr sagt man mir nicht. Läßt mich im dunkeln – weil ich ein Fremder bin, ein Außenseiter, kein Italiener. Ja, ich hab Geduld. Aber nicht mehr lang, hören Sie, Dottore. Nicht mehr lang.
Mirko springt auf, wirft einen Geldschein hin, will sich von diesem Vittorio nicht einmal den Wermut zahlen lassen, macht eine Handbewegung und läuft davon. Vittorio sieht ihm nach, zweifelnd, spöttisch, aber mit einiger Sympathie für diesen Slowenen, der so hitzig sein kann, wie er es selbst sich erlaubt.

Zum ersten Mal hat Franca Erlaubnis vom Commendatore erhalten, allein nach Triest zu fahren. Mirko holt sie bereits an der Haltestelle der Via Commerciale ab, sie gehen Arm in Arm in die Richtung seines Ateliers. Wie lang sie Zeit habe, fragt Mirko. Man könne auf einem Umweg zur Via del Monte wandern, durch den Park, heute sei es ja fast sommerlich warm und schön. Im Giardino Pubblico spielen Kinder um den Teich. Du magst Kinder? fragt Mirko. Ja. Möchtest du einmal selber welche haben? Franca, heftig: Nein. Und warum nicht? Ich hab Angst, sagt Franca. Mirko legt von neuem den Arm um sie.

Es gibt Tage und Orte, an denen Triest nur eine seiner Facetten hervorkehrt, nur venezianisch oder nur slawisch erscheint, nur österreichisch oder ungarisch, aber auch, unter gewissen Umständen, nur jüdisch, griechisch, levantinisch oder sogar französisch – obschon diese Nation, die sich hier einige Male als Besetzer und Unterdrücker eingenistet hat, am wenigstens drauf Anspruch erheben kann, Teil der vielgesichtigen Stadt zu sein. Aber schließlich sind zwei Töchter Ludwigs des

Fünfzehnten, Mesdames de France Marie-Adélaide und Victoire-Louise, in ihr gestorben, wurden drei napoleonische Familien in ihr heimisch und erblickte der letzte Erbe Bonapartes, Prinz Jerôme, genannt Plon-Plon, in ihr das Licht der Welt. Die Villa Necker am Hügelhang, einst auch die Villa Murat, konnte bezeugen, daß von der Lebenslust, der Genußsucht, der Gartenkunst Frankreichs etwas in den Triestiner Alltag eingeflossen ist.

So ist die Viale Venti Settembre vom Hauch einer Pariser Avenue durchweht, geht man durch sie wie durch einen einzigen Quatorze Juillet. Die Kronen der hohen Platanen, die einander umschlingen, bilden eine Grotte oder auch einen riesigen Triumphbogen, unter dem man festlich ausschreiten kann. Die Cafés und Eissalons zu beiden Seiten sind an dem heiteren Oktobertag voll vergnügter junger Menschen. Mirko führt Franca mit Absicht durch diese Straße, in der er selbst immer wieder dunkle Erinnerungen und Schuldgefühle von sich abfallen spürt – er will ihr die Zuversicht geben, daß man auch in einer müden und mutlosen Stadt zu feiern weiß.

Du brauchst keine Angst zu haben, sagt er, wenn ich bei dir bin. Bei mir mußt du dich

ruhig fühlen, Franca, hörst du? Es kann dir nichts geschehen.
Franca nickt. Sie gehen weiter, Giuseppina, erzählt er ihr, hat ihn kürzlich in seinem Atelier besucht, hat die neue Steinfigur gesehen und ihn zur Weiterarbeit ermutigt. Trotzdem will er heute mit Francas Kopf beginnen, einen besonders schönen Block gelblichen Marmors hat er schon bereit. Jetzt in die breite und lärmende Via Carducci eingebogen, die Piazza Goldoni überquert, dann die hohe Treppe zur Via del Monte hinaufgestiegen. Alles ist leicht heute, alles natürlich, auch dieser Gang mit Mirko durch eine bisher beunruhigende, ja drohende Stadt. Sie kommen vor dem Haus ganz oben an und Franca folgt Mirko in sein Atelier, ohne die geringste Scheu zu empfinden. Hier steht sein Schlafsofa, mit einem Seidenüberwurf und Pölstern bedeckt, neben dem Gartenfenster, etwas erhöht, ein schöner, aber gebrechlicher Lehnstuhl mit verschlissenen Kissen, auf den sie sogleich gesetzt wird, und ringsum auf dem mit Gips bespritzten, von Steinsplittern nur notdürftig gesäuberten Tüchern bedeckten Boden all das, was den Raum zur Arbeitsstätte macht: Stellagen mit Werkzeug, eine Vor-

richtung, um schwere Blöcke auf Podeste zu heben, dann mehrere Holzgerüste, auf denen vermummte Plastiken stehen, aus Ton, wie Mirko ihr erklärt, der ständig feucht gehalten werden muß, oder kleinere Steingebilde, unverhüllt aber unfertig, schließlich auf breitem Untersatz Mirkos erste große Skulptur, bereits kenntlich als ein vorgebeugter Mensch mit hochgeworfenen Armen. Aber viel, sagt Mirko, sei noch daran zu tun.

Der Marmorblock, aus dem Francas Kopf entstehen soll, ist zu einem Umriß behauen. Mirko widmet sich zuerst ihrer Stirn, die er sehr behutsam herausschält und, mit ihren kaum merklichen Wölbungen über den Augenbrauen, auf das Zarteste glättet. Franca hält still, verneint auch seine Frage, ob sie etwas trinken oder essen wolle. Sie reden kaum, wie sie es zu halten pflegen, doch es herrscht jene gute Ruhe, auf die sie seit je vertraut hat, als wären sie Geschwister oder gar, seit unerdenklichen Zeiten, Mann und Frau. Mirko dringt noch vor bis zur Nasenwurzel, die fächerförmig an den weit auseinanderstehenden Augen entlang läuft, er hämmert mit höchster Vorsicht und streicht immer wieder darüber mit der Hand. Seine Schwester hat er noch im

Stein schlafen lassen und auch die kleinen Gebilde, die er früher geschaffen hat, nicht aus einem Zustand des bloß Gedachten, noch nicht leiblich Gewordenen erlöst. Jetzt will er Franca bloßlegen, Schicht um Schicht, will ihr auf den Grund kommen und lebendig machen, was er an ihr noch nicht kennt. Lange arbeitet er, ohne an die Zeit zu denken, endlich aber blickt er auf die Armbanduhr, schüttelt sich und legt, aufatmend, das Werkzeug zur Seite.

Dreiviertel sechs. Wir müssen zur Tram.

Franca steht auf, sie steigt vom Podest. Er geht auf sie zu, umarmt sie, heftiger, als sie es gewohnt ist, schiebt sie zum Schlafsofa und zieht sie, halb sitzend, halb schon liegend, an sich. Franca hat sich noch nicht gewehrt. Aber nun, da Mirkos Hände sie bedrängen, da er sie, plötzlich unsanft, in die Pölster drückt, will sie sich ihm entwinden, er aber will davon nichts wissen, will sie niederhalten, bis sie schreit. Nein, Mirko, nein nein, und ihn wegstößt, Mirko, nein.

Sogleich läßt er von ihr ab, ordnet seine Kleider, streicht die ihren glatt. Er hebt Franca vom Sofa, stellt die jetzt Wehrlose vor sich hin und streichelt ihre Schulter. Franca, sagt er, verzeih, verzeih. Sie schluchzt, hat die Augen gesenkt, will jetzt alles mit sich geschehen lassen, schlüpft wortlos in die Jacke, die er ihr hinhält, erlaubt ihm, ihr Gesicht zu trocknen. Stumm verlassen sie das Atelier, gehen den langen Weg zurück zur Tram und verabschieden sich voneinander. Aber Franca reicht ihm, bevor sie einsteigt, die Wange zum Kuß.

Der Wagen des Commendatore hält in einer kleinen Gasse, der Via del Pozzo in einem ärmlichen Teil von Triest. Von hier führt eine steile Stiege hinab zur Via della Guardia, in der man wegen ihrer Enge schwer parken kann. Bauer-Bonfante rückt sich auf dem Sitz zurecht, er weiß, daß er lange wird warten müssen, während Franca aussteigt, treppab geht und auf das Haus Nummer 20 zu, in dem sie von Doktor Tecchi erwartet wird. Im Ambulatorium die üblichen Elendsgestalten, junge Frauen mit zerzaustem Haar, wie verhuscht und verweht, stoppelwangige Männer mit unstetem Blick, alte Leute, tränenselig einander ihre Leiden erzählend, allesamt wartend, aber nicht immer auf den Arzt oder Betreuer, wartend einfach, daß die Zeit und mit ihr die Last des Unfaßbaren, das sie bedrängt, vergeht. Franca kennt manche von ihnen und nickt ihnen zu, man betrachtet sie neidisch, weil sie nur noch selten auftaucht und zumeist den Eindruck macht, als sei sie gesundet. Diesmal freilich scheint sie verstört, hat keine Zeit für die anderen Patienten, geht stracks in Tecchis Zimmer und bleibt dort lange, sehr lange, bis er selbst wieder mit ihr herauskommt, ein ermunterndes Lächeln im Kindergesicht, und sie, ein wenig sich wiegend, fast wabbelnd, von vertrauenserweckender Behäbigkeit, zum Ausgang begleitet. Kaum ist sie fort, wird er umringt von den anderen, die er nicht von sich weist, sondern, jeden für sich, teilnahmsvoll umfängt und mit einigen Sätzen wieder zur Ruhe bringt. Franca, getröstet und wieder einmal aufgerichtet, kehrt zum Wagen zurück mit dem Blick stiller Einkehr des Gläubigen, der die Hostie noch auf der Zunge spürt. Der Commendatore hat gelernt, sie zu solchen Zeiten nicht anzureden. Er öffnet den Wagenschlag und fährt bedächtig aus der Parklücke heraus und die Via del Pozzo wieder hinauf.

Im Garten der Villa Bauer-Bonfante und im Park vor Mirkos Atelier sind alle Blätter von den Bäumen gefallen, nur die immergrünen Sträucher widerstehen der Bora, die jetzt vom Karst herunterweht. Es ist Januar. Milchiger Himmel. Die schlimmste Jahreszeit in dieser Stadt. Weihnachten hat Mirko hinter sich gebracht, ohne der Versuchung nachzugeben, seine Familie in Koper zu besuchen. Dennoch hätte er seine Triestiner Existenz um ein Haar aufs Spiel gesetzt und wäre über die Grenze gegangen: der heilige Abend mit Franca und dem Commendatore, ein gar nicht heiligmäßiger Christtag mit Graziella haben ihn davon abgebracht. Aber eine Unrast, ein immer wachsendes Unbehagen an dem Leben, das er nun seit Monaten führt, hat ihn seitdem befallen. Längst ist ihm nicht mehr selbstverständlich, daß er das eine Mädchen liebt, mit dem anderen schläft, es mehren sich die Augenblicke, in denen er Graziellas Büste, deren zweiter Bronzeguß auf ihren Wunsch in seinem Atelier steht, mit einem Stahlhammer zerstören möchte. Franca ist, seit er ihr Porträt begonnen hat, nicht mehr in diesem Atelier gewesen, er selbst hat darauf verzichtet, sie dazu aufzufordern, der Marmorblock mit ihrer Stirn, ihren Augenhöhlen sieht ihn vorwurfsvoll an. So gut wie fertig ist die große Figur, die er Giuseppina bisher nicht hat zeigen mögen. Aber sie selbst fängt immer wieder davon zu sprechen an, wenn er sie, wie jetzt, im Hinterstübchen der Galerie besucht.

Vielleicht kann ich Sandro dazu bringen, sagt sie, daß er sich deine Sachen ansieht. Er ist Kommissär bei der Biennale, kann ein Werk von dir empfehlen. Du gehörst jetzt zu uns, bist ein anerkannter Flüchtling aus Istrien. Wie weit ist er denn, dein halber Mensch, der die Arme zum Himmel wirft?

Er wird. Er wird.

Rauchend denkt sie nach. Das Motto soll heißen ›Von der Natur zur Kunst und von der Kunst zur Natur‹. Das ist wie geschaffen für dich, Mirko. Mir scheint das wie ein Schlüssel zu deiner Existenz.

Ich verstehe Sie nicht.

Macht nichts. Sag einmal – was gefällt dir an Franca? Ein so junges Mädchen. Und so schüchtern. So verschlossen.

Ja.

Enrico hängt an ihr, mehr als er sollte in seinem Alter. Das ist dir doch klar.

Mirko nickt.
Ich höre, du siehst sie oft, aber ihr redet kaum.
Ich weiß nicht, sagt er, ob ich es Ihnen erklären kann. Sie ist – sie ist wie ein Stein, der noch unbehauen ist. Man weiß, was daraus werden soll. Er lebt schon, aber man spürt es nur, man sieht es noch nicht.
Giuseppina schenkt ihm etwas ein. Er trinkt ohne zu wissen was. Und dann, sagt er, es geht mir bei ihr wie bei meiner Schwester. Ich möchte sie retten, aber ich weiß nicht wovor. Niemand will mir sagen, wovor. Sie auch nicht?
Ich auch nicht.
Giuseppina seufzt. Hör mal, Mirko, sagt sie endlich zögernd, was ist mit Graziella? Du triffst dich mit ihr?
Er, trotzig: Ja, ich treff mich mit ihr.
Und?
Eine wegwerfende Bewegung. Graziella, sagt er, ist fertig modelliert. Es ist alles schon da, jeder Zug. Sie ist wie – zu Ende gedacht. Man kann nichts mehr dazu tun, nichts mehr ändern.
Du hast recht. Und trotzdem siehst du sie gern.

Er zuckt die Achseln.
Na schön. Aber die Figur vergißt du mir nicht. Ich meine das ernst mit der Biennale. Laß mich einmal überlegen, wie sie zum Motto paßt. Ein Mann mit erhobenen Händen und gesenktem Kopf – ein Mann, der fällt, zu Boden fällt, weil die Kunst versagt hat und er zurück muß zur Natur ... du könntest ihn ›Ikarus im Sturz‹ nennen.
Warum Ikarus?
Ach, du weißt nichts von griechischer Mythologie.
Giuseppina, birnenförmig, mit langem Gesicht und kurzem, strähnig grauem Haar, hebt sich schwer vom Stuhl, streicht ihm über den Kopf und sieht ihn mit mütterlicher Nachsicht an.

Schwache Wintersonne, pfeifende Bora, die den Gang von Graziellas weiter unten geparktem Wagen bis zum Marientempel auf dem Monte Grisa zum Kampf mit einem unsichtbaren Gegner macht. Dennoch gehen sie um den modernen Kirchenbau herum, bevor sie den Innenraum betreten. Sie bleiben eine Weile vor dem großen Holzkruzifix von Marcello Mascherini stehen, einem Schmerzensmann

mit geneigtem Gesicht, an das, da er jetzt zu ihm aufblickt, Mirkos Gesicht erinnert. Mirko ist betroffen. Graziella merkt es wohl und kann nicht umhin, ihn zu verspotten.
Ein großer Meister, Mascherini. Und gläubig – das bist du ja wohl nicht mehr.
Er schüttelt den Kopf. Sie gehen aus der Kirche, betrachten das Land tief unten, rechts im Winternebel das Schloß Miramare, links, südöstlich, die istrische Küste, versickernd am Horizont. Du weißt, ruft Graziella in den Wind, warum Guacci den Marientempel hier oben hinstellen mußte. Warum der so riesig werden sollte.
Nein.
Damit man ihn bis weit nach Istrien sieht. An klaren Tagen fast bis Capodistria. Wo deine Eltern sind.
Warum erinnerst du mich an sie?
Graziella, hartnäckig und bohrend: Aber die sind doch gläubig. Er: Nein. Meine Großeltern waren's noch. Und du, fragt er gereizt. Was bist du?
Graziella öffnet langsam ihre wollene Jacke, knöpft ihre Bluse auf, überaus kokett, und zieht ein langes feines Goldkettchen heraus, an dessen Ende ein Kreuz hängt. Sie hält es

ihm herausfordernd vor die Nase und beginnt zu lachen, ein Lachen, das teuflisch klingt in der Bora, die sie umbraust.

An diesem Abend steht Mirko vor dem Tor der Villa Bauer-Bonfante, er ist angemeldet, läutet aber wild und läßt nicht ab, bis das Schloß surrend aufspringt und ihm den Weg freigibt zum Haus. Drinnen sitzt der Commendatore, in abgewetzter Hausjacke und Pantoffeln, mit geschlossenen Augen in seinem Studio und horcht dem langsamen Satz aus Schuberts Streichquintett in C-dur, neben dem er sich keine zweite Tätigkeit, kein Lesen oder gar Briefeschreiben erlaubt. Jäh aus der Musik gerissen, stellt er den Plattenspieler ab und tritt hinaus auf den Gang, wo er Mirko, ein wenig schwankend, an Franca vorbei auf sich zukommen sieht. Ein Blick belehrt ihn über Mirkos Zustand, er winkt also Franca weg und läßt ihn bei sich ein. Ob er mit ihm reden könne, gleich, fragt Mirko sehr laut, die Stirn umdüstert. Natürlich, setz dich. Du siehst, ich habe Franca gebeten, sich zurückzuziehen, wir sind allein.
Commendatore, sagt Mirko drohend, wie lange soll das noch weitergehen?

Bauer-Bonfante, um Zeit zu gewinnen: Was meinst du?
Sie wissen es genau.
Ja, gut, ich weiß es genau.
Ich hab sie gemocht, ruft Mirko, von Anfang an. Es hat geheißen, sie ist krank. Hat sie die Pest oder was? Verschreckt ist sie, fürchtet sich vor einem Mann. Wenn man sie mir überläßt, ganz überläßt, dann werd ich fertig damit.
Mirko, du bist betrunken. Und wenn du betrunken bist, wirst du ein Bär. Ich habe gedacht, deine Freunde hätten dir Lebensart beigebracht. Du hast doch Freunde in der Stadt, oder nicht?
Hab ich.
Eine junge Dame, sagt man mir, ist auch dabei.
Ich bin kein Mönch, Commendatore, schreit Mirko. In Koper hab ich auch ein Mädel gehabt. Ab und zu. Mit Franca hat das nichts zu tun.
So. Und wenn sie's merkt?
Sie wird es nicht merken.
Wenn du sie kränkst, Mirko, wenn du – der Commendatore fängt zu zittern an, so nahe geht ihm der Gedanke –, dann brech ich dir alle Knochen im Leib, so alt ich bin.

Schon gut, sagt Mirko, schon gut. Ich kränk sie nicht. Aber es muß ein Ziel dabei sein. Eine Zeit. Daß Sie mir sagen: zwei Monate noch. Ein halbes Jahr. Dann richt ich mich darauf ein.
Du willst sie heiraten?
Mirko, empört: Was denn sonst?
Nun gut, sagt der Commendatore, immer noch widerstrebend, aber er kann nicht zurück. In zehn Tagen habe Franca Geburtstag. Am fünften Februar. Da solle Mirko in Gottes Namen ausgehen mit ihr, an dem Abend. In ein Restaurant. Solle versuchen, sie zum Reden zu bringen. Sie nach allem fragen, selber sie fragen, was mit ihr sei. Wenn Franca genug Vertrauen habe, wenn er meine, er sei das Vertrauen wert, dann könne man weitersehen.
Ja, sagt Mirko, so wird es gemacht. Und noch etwas, Commendatore. Er müsse jetzt anfangen, zu lesen. Außer Reisebroschüren kenne er nichts. Als erstes müsse er ein Buch lesen über griechische Mythologie. Schön, erwidert Bauer-Bonfante, geht zu einem Bücherregal und sucht nach einem Band. Er findet ihn, reicht ihn Mirko mit großer Geste. Da hast du. Aber höre – enttäusche mich nicht.

Enttäusche mich nicht. Dennoch begibt sich das nächste Gespräch zwischen Mirko und Graziella im Bett, unter der Decke des Schlafsofas in seinem Atelier. Der Feuerschein vom Kamin, Mirko verbrennt Scheiter, obwohl das Haus in der Via del Monte zentralgeheizt ist, flackert an den Wänden und über den Ikarus, der, vollendet, auf einer tiefen Drehscheibe steht.

Vittorio hat mich gewarnt, sagt Mirko.

Wovor?

Vor dir.

Ja?

Er hat gemeint, du verdrehst mir den Kopf.

Ach.

Er hat gemeint, ich verlier meinen Kopf wegen dir.

So.

Und was meinst du?

Du machst dir nichts aus mir, sagt Graziella, und ich mach mir nichts aus dir. Stimmt's?

Mirko nickt. Sie umarmen einander, ohne sich anzusehen.

Dottore Tecchi, ruft der Commendatore in den Apparat, wir haben seit Wochen nichts voneinander gehört. Ein gutes Zeichen? Wie man's nimmt. Ja, auf und ab. Es hat wieder Momente gegeben – aber wir haben sie überwunden, jedes Mal. Die Pillen reichen noch. Wie meinen Sie? Ja, noch immer. Darum handelt es sich jetzt. Der Bursche drängt auf eine Entscheidung. Und nächsten Sonntag wird Franca achtzehn. Ich habe ihm Hoffnungen gemacht. Ja, ich weiß, ihr seid immer für das Wagnis, und wenn es gut geht, habt ihr viel erreicht. Die logische Entwicklung, gewiß. Aber sagen Sie nicht, ich widersetze mich, weil ich mich nicht von Franca trennen möchte. Freilich will ich das nicht, aber wenn sie glücklich wird, wenn sie nur ganz gesund wird, Dottore Tecchi ... Schön. Ich lasse Sie wissen, was geschieht.

Blauer Himmel, ein wenig Schneespreu zugleich, denn gestern ist eine feine weiße Schicht auf Straßen, Häuser und Marktzelte gefallen, die der Wind jetzt aufscheucht und in der Sonnenhelle herumwirbeln läßt. Franca, mit zwei Einkaufskörben, geht durch die Via San Niccolò zur Galerie und tritt ein. Sie betrachtet kurz die neue Ausstellung riesiger Bilder aus gehämmertem Metall mit aufgesetzten Halbedelsteinen und geht dann ins

Hinterstübchen zu Giuseppina, die Fotos von Kunstwerken sortiert.
Nett, daß du kommst, Franca, ruft Giuseppina. Aber heute ist doch Freitag, warst du auf dem Markt? Ja, auf dem Markt, ausnahmsweise am Freitag, auch müsse sie sich beeilen, der Commendatore warte wie üblich im Tommaseo und es sei schon spät. Aber sie wolle Giuseppina etwas fragen, darum sei sie da. Um was geht's denn, Piccina? Um ein Kleid, ein schönes Kleid. Sie werde in ein Restaurant ausgeführt, diesen Sonntag abend. Ins Paradiso. Soso, von wem denn? Von Mirko. Ach, sagt Giuseppina. Ja, der Commendatore habe es erlaubt, habe ihr Geld geschenkt, damit sie sich hübsch anziehen könne. Wo, wo soll ich mir ein Kleid kaufen? Raten Sie mir.
Ein schönes Kleid. Laß sehen. Franca könne natürlich zu Godina gehen, in der Via Carducci. Das Warenhaus. Aber wenn es etwas besonderes sein solle, dann fände sie's vielleicht bei Mearo auf der Piazza della Borsa. Die hätten Sachen von der Roberta. Roberta di Camerino. Und viel billiger als in Venedig. Ob sie mitkommen solle.
Franca: Nein, danke, Signora Giuseppina. Ich such mir schon selber etwas aus.

Kaum ist sie zur Tür hinaus, ja, sie verfehlen einander um wenige Minuten, da fährt Mirko vor, in Giuseppinas Fiat ohne Hintersitz, den ihr Gehilfe lenkt. Die beiden steigen aus, holen aus dem Wagen die gut verpackte Figur des Ikarus und tragen sie behutsam in die Galerie. Dort vergeht einige Zeit, bis sie aus den Tüchern geschält ist. Sie wird auf einen Sockel gehoben, Giuseppina tritt hin und blickt sie erst von vorn, dann um sie herumgehend, von allen Seiten lange an. Mirkos Augen wandern mit. Zuletzt nickt Giuseppina. Mirko atmet auf.
Später sagt Giuseppina beiläufig: Franca war hier, sie ist schon heute auf dem Markt gewesen. Mirko nickt. Die Verabredung für Sonntag erwähnt er nicht, und Giuseppina hütet sich, ihm zu verraten, daß sie davon weiß.

Samstag also, seit je der Schicksalstag für Mirko und Franca. Wieder Sonne, der Schnee völlig weggeschmolzen, kein Windhauch, ja, im frühen Februar schon eine Spur von Vorfrühling in der Luft. Franca verläßt in bester Laune das Haus in der Via dei Ginepri und fährt zum ersten Mal seit ihrem Besuch in Mirkos Atelier im vergangenen Oktober allein zur Stadt, sie genießt jeden Augenblick in der Tram, die abwärts rattert am Drahtseil, gebremst von der Draisine, die zieht oder hemmt, je nachdem, ob es hinauf nach Opicina oder zurück zur Via Commerciale geht. Die Sicht aus dem Fenster wechselt ab zwischen dem Panorama von Triest, das heute funkelt im hellen Licht, so klar, als wäre der ganze Winter weggewaschen, und dem Anblick der alten Villen und Häuser, der kahlen, aber durch immergrüne Sträucher vor nördlicher Trostlosigkeit bewahrten Hintergärten am Hang. Am unteren Ende der Via Commerciale wird die Draisine abgekoppelt, die Tram fährt weiter bis Oberdan, wo Franca aussteigt und ihren Weg zur Piazza della Borsa nimmt. Mearo. Unschlüssig mustert sie, ganz wie jene Landsleute Mirkos, die jeden Dinar zweimal im Sack umdrehen, bevor sie sich zum Kauf entschließen, die Schaufenster des Ladens. Ihre einfache Herkunft, verwischt durch langen Aufenthalt in der Villa Bauer-Bonfante, kann sie nicht immer verleugnen. Dies ist ein Anlaß, daß die karge Kindheit in Treviso sie wieder einmal übermannt.

Nach langem Zögern tritt sie ein und sieht sich ängstlich um, bis eine Verkäuferin sich ihr nähert. Dann wird sie selbstsicherer, verlangt Kleider zu sehen, zieht dieses oder jenes über in der kleinen Anprobekammer, vor dem Spiegel hier drin und dem draußen im Laden, die beide merkwürdig dunkel getönt sind und dem Vorgang eine Art von Unwirklichkeit verleihen. Franca hat noch nie einen solchen Kauf getätigt, doch sie weiß genau, was sie nicht will, und scheut sich nicht, das Ladenmädchen nach immer neuen Modellen auszuschicken. Schließlich entscheidet sie sich für ein Kleid aus zwei Teilen, Rock und Jacke aus Seidenjersey. Sie wird zu ihrer Wahl beglückwünscht, mit größerem Respekt als zuvor behandelt, weil sie Geschmack bewiesen hat, in diesem Ensemble tatsächlich bella figura macht. Es wird in eine Tragtasche getan. Franca bezahlt umständlich, mit großer Vorsicht, um nicht betrogen zu werden, was in diesem Laden freilich undenkbar ist. Dann fällt ihr Blick noch auf eine Handtasche, die zu dem Silbergrau des Kleides zu passen scheint. Man redet ihr zu, auch sie zu kaufen. Franca tut es in einem Anfall von Übermut. Sobald sie aus dem Laden getreten ist, gibt sie sich wieder ihren geheimen Gedanken hin, nimmt die Welt ringsum nur undeutlich wahr,

ist zurückgesunken in einen Zustand, in dem sie mechanisch vollzieht, was erforderlich ist: der Gang über die Piazza zur Via Roma in die Richtung der Endstation.
Aber was sie vor sich sieht, noch ehe sie die Via Roma erreicht hat, reißt sie so rüde aus ihrer Verlorenheit, daß sie erstarrt und sich nicht von der Stelle rührt, obwohl der Strom der Fußgänger links und rechts von ihr über die Piazza hastet. Am Straßenrand vor der kleinen Bar am Eck des Corso hat ein offener Wagen angehalten. Mirko und ein fremdes Mädchen, groß und schlank, in engen Hosen und Stiefeln, dunkelblonde Löwenmähne, kühnes Profil, ein voller geschminkter Mund, steigen aus. Dem Mädchen fallen die Autoschlüssel zu Boden. Beide bücken sich gleichzeitig. Während ihre Gesichter sich nähern, packt das Mädchen Mirkos Kopf und küßt ihn ebenso gierig, wie Franca es nur auf Filmplakaten gesehen hat. Dann richten beide sich auf, das Mädchen schlingt den Arm um Mirko und zieht ihn in die Bar, in der sie im nächsten Augenblick verschwunden sind.
Franca steht immer noch still. Schließlich beginnt sie zu gehen, ihre Füße gehen, gehen immer schneller, laufen den langen Weg zur

Endstation. Was nun geschieht, wird allein von ihrem Körper verrichtet, der wie ein Tragtier, das seinen Weg kennt, Franca nach Hause bringt, sie weiß nicht wie. Ihr Körper setzt sie in die Tram, läßt sie oben aussteigen in Opicina, erinnert sie aber nicht, da ihm die Fähigkeit dazu fehlt, an die Tragtasche von Meara, die auf dem Sitz in der Tram zurückbleibt und erst später, als die neuen Fahrgäste einsteigen, entdeckt und dem Schaffner übergeben wird. Ihr Körper liefert Franca ab in der Via dei Ginepri, sperrt Tor und Tür auf, huscht mit ihr durch den Gang, während aus dem Studio des Commendatore das Streichquintett von Schubert dringt, das er kürzlich gegen seinen Willen hat abbrechen müssen, und zieht sie die Treppe hinauf in ihr Zimmer im Oberstock, legt sie auf ihr Bett, liegt dort mit ihr, aber unverbunden mit ihrem Gehirn, ihrem Geist, ihrer Seele, wie immer man es nennen will, aus denen jetzt aufbricht, hervorbricht, was sich viele Monate lang, fast ein ganzes Jahr, ruhig verhalten hat, nur ganz selten und von fern, in kurzen Augenblicken und blassen Farben, angsteinflößend vor ihr aufgestiegen ist.

Nacht. Riesige Schatten bedrängen Franca in einer engen Kammer, wo sie auf einem schmalen Bett, der Sommerschwüle wegen unbekleidet, unter einem Leintuch schläft. Aus den Schatten löst sich ein männlicher Umriß und kommt auf sie zu, immer von neuem, vergrößert sich zum Schatten, verengt sich zur Gestalt eines bedrohlichen Mannes, verschwimmt dann wieder, und so fort, in einem stets sich steigernden Rhythmus.

Ein Sonnenuntergang am Meer. Die Sonne ist gigantisch und feurig.

Das Gesicht von Francas Stiefmutter, hexenhaft verzerrt. Aus dem Mund schreit es: Puttana! Puttana! Puttana! Dann zwei geballte Fäuste. Sie kommen näher und näher und trommeln schließlich auf Franca ein.

Sie geht durch einen Wald. Vor ihr in der Ferne ist eine Lichtung, der Weg dahin scheint frei. Aber während Franca geht, verschränken die Bäume rechts und links, wie in der Viale Venti Settembre, ihre Äste und sinken immer tiefer herab, so daß ihr bei jedem Schritt der Weg aussichtsloser versperrt wird und sie zuletzt, verzweifelt und vergeblich, vom Dikkicht eingeengt, sich Durchlaß bahnend, zu ersticken droht.

Francas kleine Stiefgeschwister, häßlich und hämisch, die um sie herumtanzen, sie verhöhnen und verspotten.

Der Dom von Treviso. Er schwankt, beugt sich vor und fällt auf sie zu, weicht zurück und beginnt sich dann neuerlich vorzubeugen.

Das Schlafsofa in Mirkos Atelier. Ein Mann, der nicht Mirko ist, hat Franca aufs Bett geworfen, ihre Kleider hinaufgeschoben und sie durchdrungen, seine Hand auf ihren Mund gepreßt.

Die Sonne am Meer. Sie wird größer, immer größer, und explodiert dann in tausend farbige Teilchen. Franca schreit und schreit und schreit und schreit und schreit.

Unten in seinem Studio hört Bauer-Bonfante das Schreien, richtet sich mühsam aus dem Lehnstuhl auf, fällt zweimal zurück, bevor seine Beine ihn tragen, kommt irgendwie zur Treppe und torkelt hinauf, mit klopfenden Herzen sich hochzerrend am Geländer. Er stürzt in Francas Zimmer und zum Bett, hebt sie auf, preßt ihren Kopf an seine Wange. Franca hört zu schreien auf. Der Commendatore weint. Sie hängt schlaff in seinen Armen und sinkt, da sein Griff sich lockert, auf das Bett zurück.

Im Centro Igiene Mentale der Klinik Basaglia in der Via della Guardia 20 ist der Doktor Tecchi um eine alte Frau bemüht, die leise vor sich hingreint und zugleich, an einem Faden, den sie mit ihren arthritischen Fingern gelöst hat, ihre Strickjacke auftrennt, woran Tecchi sie vergeblich zu hindern sucht. In seinem Zimmer, dessen Tür offen steht, läutet die Klingel des Telefons. Jemand nimmt den Hörer ab, dann kommt die Helferin gelaufen. Sie teilt ihm etwas mit, das ihn aus der Fassung bringt. Schnell beugt er sich noch zu der alten Frau nieder, streichelt ihr graues Haar und bedeutet der Helferin, sich um sie zu kümmern. Ich fahre sofort hin. Zwanzig Minuten später hält sein altes, zerbeultes Auto vor der Villa in Opicina. In der Tür steht ein völlig verstörter, zerrütteter Bauer-Bonfante und hebt stumm die ausgebreiteten Arme hoch.

Sonntag nachmittag, gegen drei. Ein dunstiger Februartag, wieder etwas kälter. Jetzt wartet Mirko vor dem Tor, mit einem Blumenstrauß. Er hat zweimal geklingelt. Keine Antwort. Mirko versteht das nicht. Er klingelt immer wieder, nicht stürmisch und unverschämt wie neulich, als man ihn ebenfalls nicht hörte, sondern rufend, klagend, zuletzt in panischer Angst.

Vom Tor aus sieht man, durch die überhängenden Sträucher zu beiden Seiten, bis zur Eingangstür, von der ein Spalt sich auftut, Bauer-Bonfantes Gesicht, wie erloschen. Wo ist Franca? schreit Mirko. Franca ist nicht hier. Aber wo denn? Darauf Bauer-Bonfante, kaum hörbar: Verschwinde. Um Himmelswillen, Commendatore, was ist geschehen? Die Tür wird geschlossen, verriegelt. Mirko bleibt schwer atmend zurück. Die Blumen sind ihm längst aus den Händen geglitten.

Kreuz und quer durch die Stadt, zuerst zur Galleria La Lanterna, die geschlossen ist, was er hätte wissen müssen, doch er hat den Versuch jedenfalls gemacht. Dann in eine Bar, nicht diejenige, in der er Freitag, als er Graziella ein letztes Mal hatte sehen wollen, einen fröhlichen Abschiedstrunk mit ihr eingenommen hat, sondern jene am Teatro Verdi, wo der Commendatore seinen Wagen geparkt hatte, an jenem ersten Tag. Dort einen Grappa heruntergestürzt, dann im Telefonbuch fieberhaft nach Giuseppinas Privatnummer gesucht, die Nummer gefunden, Giuseppina erreicht, ohne weiteres, in plötzlich wieder stockend gewordenem Italienisch gefragt, ob er sogleich in ihre Wohnung kommen könne, die er nie zuvor betreten hat, dann noch hinzugefügt, es sei etwas geschehen, er wisse nicht was, mit Franca, und dann, als Giuseppina ihm sagt, komm her, wie ein Irrer davongeeilt und den ganzen langen Weg in die Strada Friuli zu Fuß gelaufen, wo Giuseppina in einem alten Reederhaus, einer vornehmen Familienvilla hoch über dem Meer, ein Stockwerk gehört. Sie läßt ihn ein in Räume von feierlichem Prunk, mit alten Möbeln und Gemälden, keine Spur von moderner Kunst, hier wirkt sie würdiger, entfernter als in ihrer Galerie, großbürgerlich und respektgebietend, aber Mirko, obwohl er es wahrnimmt, kann sich damit nicht befassen. Er wirft sich in einen Lehnstuhl und ruft immer nur: Sie ist weg, sie ist weg, verschwunden.

Ich habe versucht, Enrico anzurufen, sagte Giuseppina, aber er kommt nicht ans Telefon. Wo soll sie denn sein? Er sagt es mir nicht, schreit Mirko. Sie ist fort. Weggelaufen. Oder weggebracht.

Weggebracht? Wart einen Augenblick. Sie verläßt das Wohnzimmer. Mirko verkrampft die Hände, blickt sich hilflos um. Vor dem Fenster der üppige Garten, das dunkle Meer, von lähmender Schönheit. Im Raum Familienfotos auf den Ziertischen, auf dem Klavier. Darauf ist unter anderem der Comendatore zu sehen, mit einer blassen Dame in großem Hut und einem wohlgekleideten Knaben. Dann Giuseppina, gleichfalls vor langer Zeit, mit einem jungen Mann in Uniform.

Sie ist wieder da. Ich habe in der Klinik nachgefragt, sagt Giuseppina. In San Giovanni. Wo? In der Psychiatrischen Klinik. O mein Gott! stöhnt Mirko. Dann Giuseppina: Sie ist seit gestern dort. Und nicht zum ersten Mal. Du sollst es endlich wissen. Enrico wollte es geheimhalten. Wollte es nicht wahrhaben, hat zu niemandem davon gesprochen, außer zu Vittorio und mir.

Aber was denn?

Franca ist geisteskrank. Seit langem. Die An-

fälle kommen und gehen. Aber wir dachten alle, sie sei auf dem Weg zur Heilung. Es war kaum mehr etwas zu merken – über ein Jahr.
Mirko, tonlos: Wie – wie ist sie denn zum Commendatore gekommen?
Durch mich. Ich kenne Basaglia, den Chef der Psychiatrie. Benvenuto Tecchi, einer seiner Assistenten, ist mein Patenkind. Beide interessieren sich für bildende Kunst. Basaglia ist ein Freund von Hrdlicka, dem Wiener Bildhauer. Ich hab dir von ihm erzählt.
Und?
Du weißt es wohl nicht, aber Basaglia hat die geschlossene Anstalt geöffnet, er hat die Insassen in private Pflege entlassen, in Familien, die sich ihrer annehmen, mit ihnen umgehen, als wären sie normal. In einigen Zentren werden sie ambulatorisch weiterbehandelt, sind immer in Kontakt mit einem der Ärzte, so lange es nötig ist.
Und Sie haben Franca –
Vor knapp drei Jahren. Sie war damals in San Giovanni, bevor man die Klinik geschlossen hat. Heute sind nur noch ein paar hundert Patienten dort übrig. Schizophrene. Vererbungen. Oder akute Notfälle. Sie werden be-

handelt, keine Elektroschocks natürlich, nur leichte Psychopharmaka, aber vor allem Gespräche. Nicht in der Art von Analysen. Mit Freud hat das alles nichts zu tun.

Mirko, der vieles nicht versteht, was sie redet, aber Giuseppina nimmt heute keine Rücksicht auf seine Unwissenheit, fragt ungeduldig: Und der Commendatore?

Ja, verzeih. Es ging ihr etwas besser. Sie sollte weg, aus der ›Verkrustung‹ der Anstalt heraus, wie sie das nennen. Ich habe Enrico gefragt, ob er sie zu sich nehmen will. Er ist großartig, weißt du. Fuhr hin in die Klinik, hat noch ohne sie zu sehen mit Basaglia gesprochen, dann mit Benvenuto, und nahm sie schließlich gleich nach Hause mit.

Ist es vererbt bei ihr?

Wer weiß? Hoffentlich nicht. Auf jeden Fall ausgelöst durch Erlebnisse in der Kindheit. Sie ist in Treviso aufgewachsen. Die Mutter früh gestorben. Der Vater ein Trinker. Eine zweite Frau, die sie elend behandelt hat. Kleine Stiefgeschwister. Kaum vierzehn, da wollte der Vater mit ihr schlafen. Die Stiefmutter hat sie geprügelt, der Vater bedrängt. Es gab keinen Ausweg als den Irrsinn. Mit fünfzehn war sie im Spital.

Mirko ist nicht imstande, zu reden. Giuseppina steht auf. Hör mal, willst du etwas trinken? Einen Cognac? Er schweigt. Sie sieht ihn mütterlich an, holt die Flasche und zwei Gläser, schenkt ein. Er faßt sich: Aber warum jetzt wieder? fragt er. Warum auf einmal? Was war schuld daran?
Mirko, warst du gestern in der Stadt?
Ja. Ihm stockt der Atem.
An der Piazza della Borsa?
Ja.
Giuseppina läßt nicht ab, obwohl sie merkt, daß er bereits alles weiß, daß jetzt er es ist, der Schonung nötig hätte. Franca ist zu Mearo gefahren, sagt sie unerbittlich. Wollte sich ein Kleid kaufen. Um heute mit dir auszugehen. Sie muß euch gesehen haben.
Ich bin schuld.
Er springt auf, faßt Giuseppina an beiden Armen, bricht in Tränen aus. Ich bin schuld. Ich bin schuld. Ich kann es nicht mehr gutmachen. Jetzt ist alles aus. Was soll ich tun –
Mirko reißt sich los und läuft zur Tür hinaus, treppab und aus dem Haus.

Die Stadt beginnt zu dämmern, an den Kandelabern werden die Lampen hell. Es ist das

Ende des Karnevals, der Sonntag vor dem Faschingsdienstag, nach fünf Uhr nachmittags. Eine feuchte Brise vom Meer weht über die Piazza Unità d'Italia.

Von allen Seiten kommen kleine Jungen und Mädchen, mit ihren Müttern, auf die Piazza gelaufen. Sie sind als Cowboys verkleidet, als Garibaldis, als winzige Renaissance-Fürsten mit Federhüten, als Bersaglieri, als Herren im Frack mit Pelerine und Zylinder, als Rokokodamen, als Bräute mit weißem Schleier, als Zigeunerinnen und Feen.

Die Kinder laufen durcheinander, zupfen an ihren Kostümen, bilden Gruppen, die sich zusammenballen, stieben wieder auseinander, verfolgen einander und rennen gemeinsam von einem Ende der Piazza zum anderen ihren Müttern davon. Mirko, auf seinem ziellosen Weg, ist in dieses Gewimmel geraten. Die Kinder nehmen ihn in die Mitte, sie kreisen um ihn und spielen Ringelreihen, er starrt sie an wie Gespenster, weiß sich nicht zu helfen, entflieht ihnen und taumelt davon. Wie unter einem Zwang strebt er zur Piazza della Borsa, an Meara vorbei, zu der Bar an der Ecke des Corso, in die er mit Graziella gegangen war. Ein Kabriolet mit herabgelassenem

Regendach fährt vorbei, es gleicht dem Graziellas, er sieht nicht, daß eine fremde Dame mittleren Alters am Steuerrad sitzt und läuft wie besessen davon. In den dunklen, nebelfeuchten Straßen verliert sich Mirko und taucht unter in der beginnenden Nacht.

Anfang März, an einem Regentag, erscheint Vittorio auf Giuseppinas Auftrag in der Via del Monte, klingelt den Hauswart heraus, der ihm bestätigt, Mirko habe sich seit Wochen nicht sehen lassen, und bezahlt die Miete für eine Weile voraus. In der Galerie, wo er zum Bericht erscheint, hat Giuseppinas Gehilfe den Ikarus sorgfältig mit Holzwolle umhüllt und die Kiste zugenagelt. Unter ihrer Aufsicht schreibt er Mirkos Namen und die Worte ICARO CADENTE mit großen Lettern auf den Deckel. Die Kiste, sagt Giuseppina zu Vittorio, werde morgen von der Spedition nach Venedig gebracht.

In seinem Studio sitzt Bauer-Bonfante im Lehnstuhl, müde und über seine hohen Jahre hinaus gealtert. Neben sich hat er einen Stock mit Silberknauf, er kann sich auch im Zimmer nicht mehr ohne Stütze fortbewegen. Keine

Musik: aus Groll darüber, daß sie, die einzige denkbare Gewähr göttlichen Willens, ihn im Stich gelassen hat.

Es klopft. Ambrosina kommt herein, sein Essen auf einem Tablett.

Ihr Mittagsmahl, Commendatore.

Schon gut. Stellen Sie es dort auf den Tisch.

Die einzige Alternative zum Irrenhaus ist seine Abschaffung. Franco Basaglia hat diesen Satz geprägt und wahrgemacht. In Gorizia, unweit von Triest, wo er 1961 die Leitung der Psychiatrischen Anstalt übernahm, hat er vorgefunden, was ihn an einen Kerker gemahnte: vergitterte Fenster, Ausübung finsterer Autorität, Strafen für Disziplinlosigkeit, als handelte es sich um Verbrecher. Die Medizin war Handlangerin der Justiz. Zwangsjacken, Elektroschocks – und nicht nur zu Heilzwecken, auch als Zeichen unwiderruflicher Macht. Basaglia beschloß, dies von Grund auf zu ändern, und überzeugte viele Ärzte von seinen Ideen. Die Mehrzahl der Patienten hielt er nicht für seelisch erkrankt, meinte vielmehr, sie hätten an der Umwelt, an den gesellschaftlichen oder familiären Verhältnissen gelitten und seien heilbar durch eine bessere soziale Integration. Sobald eine körperliche Grundlage für den Wahnsinn gegeben war, sollten die Fälle in die neurologischen Stationen der Spitäler eingewiesen werden. Alle anderen gestörten Menschen wollte er zur Auflehnung gegen die Zwänge, denen sie ausgesetzt waren, ermuntern und in eine Umgebung versetzen, die der freien Entfaltung ihrer Persönlichkeit förderlich war: Wohngemeinschaften, Pflegefamilien, auch die einstige eigene Gemeinschaft, sofern man ihren Verwandten beibringen könnte, daß die krankmachenden Faktoren beseitigt werden müßten und ein Patient, wenn ihm Liebe, Nachsicht und Verständnis entgegengebracht würden, zu Hause am besten aufgehoben sei. In Gorizia standen die Stadträte Basaglias Experiment nicht freundlich gegenüber. Nach zehn Jahren wurde er vom Provinzpräsidenten Michele Zanetti, einem aufgeschlossenen Christdemokraten, nach Triest berufen, in jenes Ospedale San Giovanni, das 1904, noch unter Kaiser Franz Joseph, nach menschenfreundlicheren Grundsätzen errichtet worden war. Hier lebten um die tausend Patienten in freistehenden Pavillons an einem grünen Berghang, so gut wie möglich, aber noch auf hergebrachte Weise betreut. Basaglia ging daran, seine Pläne in die Tat umzusetzen. Ein Jahr darauf, als die Gemeindeverwaltung in Gorizia endgültig aufgeräumt hatte mit Basaglias ›offener Psychiatrie‹, kam seine Gruppe von Ärzten geschlossen nach San Giovanni herüber und führte mit ihm die Neuerungen durch. Sie diskutierten eine Reihe von Projekten, mit deren Hilfe die Patienten noch in der Anstalt rehabilitiert werden sollten, darunter ein tägliches Informationsblatt und verschiedene Gruppenspiele, und einigten sich schließlich auf eine kollektive Aktion, um die Phantasie der Insassen anzuregen. Im Januar und Februar des Jahres 1973 wurde das ›Große Theater des Marco Cavallo‹ in Szene gesetzt, die Herstellung eines riesigen blauen Pferdes in San Giovanni, das die Patienten bauen halfen, das sie schmückten, das sie zeichneten, über das sie Lieder machten, dem sie eine Geschichte andichteten, das sie mit selbstgefertigten Puppen umgaben, dessen Bauch sie füllten, mit dem sie Szenen und Stücke spielten, das sie auf eine Weltreise durch alle Abteilungen schickten, dem sie eine Freundin gaben, einen Garten einrichteten und das sie schließlich im Triumph aus der

Anstalt hinaus, auf einem Thespiskarren zum Hügel von San Giusto und dann wieder hinab zu einem Volksfest im Stadtteil San Vito schleppten, wo sie ihr Singspiel vom Marco Cavallo zur Aufführung brachten. Vierhundert Menschen sind damals in die Stadt gezogen, aus der sie verbannt waren, und haben sich mit den Menschen verbrüdert, die sie ausgestoßen hatten. Es gab keinen einzigen Zwischenfall. Dann gingen sie wieder nach San Giovanni zurück. Vier Jahre später, die sechs ambulatorischen Zentren, in denen sie nach ihrer Entlassung weiterbehandelt werden sollten, waren schon errichtet, feierten sie mit einem eigenen Fest auf der Piazza Tra i rivi im Viertel Roiano, am Meeresrand, die Schließung der Anstalt und die Wiedereingliederung der derzeitigen ›Gäste‹ in die Stadt. Zwei Tage lang gab es dort Musik und Tanz, Information, Gespräche, eine Ausstellung, Clowns, Theatergruppen aus Udine und Ferrara und einen Bänkelsänger, der ihr Befreiungslied sang:

Es gab einmal die Stadt der Irren
In der Via San Cilino in San Giovanni
Ihr, Bürger von Triest, kennt die Ereignisse

Und die Geschichten und Sorgen
Nun endlich wird in dieser Stadt
Etwas ganz Neues geschehen:
Das Irrenhaus wird geschlossen
Die Verrückten werden entlassen.

Das war im vorigen September. Jetzt sind noch etwa dreihundertfünfzig Patienten in San Giovanni übrig, von denen hundert selbständig in der Casa Dominicale leben. Alte und ruhige Insassen sind in Abteilungen untergebracht, die nichts mehr gemein haben mit der traditionellen Psychiatrie. Nur ein paar Akutfälle, wie Giuseppina es Mirko erklärt hat, werden hier noch behandelt, sie sollen aber in ihre vertraute Umgebung zurückgebracht werden, sobald ihr Zustand es erlaubt, sobald ihre Familie, und das betrifft auch den Commendatore, einzusehen bereit ist, daß man sie auch den liebevollsten Zwängen nicht unterwerfen und ihnen die Mühe, sich mit der Realität abzufinden, nicht ersparen darf.

In einem der letzten Pavillons von San Giovanni sitzt Franca ihrem Arzt Benvenuto Tecchi gegenüber, der seit Wochen einmal täglich aus seinem Ambulatorium heraufkommt und sie betreut. Die tobenden Angstschreie in der Nacht, um derentwillen man Franca von den anderen Patienten hat isolieren müssen, haben nachgelassen, obschon hier niemand gewaltsam ›niedergespritzt‹ wird, wie das früher einmal geschah und anderwärts noch geschieht. Gegen ihre Lethargie, die gänzliche Unempfänglichkeit gegenüber dem, was um sie vorgeht, gegen die Weigerung, am Leben der anderen teilzunehmen, ist schwerer anzukämpfen. Langsam, geduldig, hat Tecchi, angesichts einer nicht abweisenden, nur steinern verhärteten Franca, über Mirko mit ihr gesprochen, über den Commendatore, über Vittorio und Giuseppina, über die Fehler, die sie selbst, aber auch jeder, der sich um sie bemühte und nur das Beste für sie wollte, begangen hat. Aus übergroßer Liebe zu ihr, aus falscher Schonung habe der Commendatore darüber geschwiegen und den anderen verhohlen, was Ursprung und Ursache ihrer Zerrüttung war. Man habe Franca aus der geschlossenen Anstalt in seine Obhut gegeben, aber er habe eine geschlossene Familie um sie errichtet, die sie ebenso verhängnisvoll abschirmte gegen die übrige Welt, seine Cousine und der Neffe hätten da mitgetan. Sie, Franca, habe nicht den Mut gehabt, sich Mirko zu eröffnen, die Dinge beim Namen zu nennen, auf die Gefahr hin, daß er zunächst vor den Kopf gestoßen werde, sie habe sich an ihre Kindheit geklammert, so gräßlich die auch war, um nicht erwachsen werden zu müssen, um immer im Schutz anderer Menschen leben zu können, ohne einen eigenen Schritt zu tun. Mirko wiederum habe sich mit ungenügenden Erklärungen abspeisen lassen, habe die Rücksicht zu weit getrieben und, weil sie kein Vertrauen zu ihm hatte, ihn nicht einließ in ihre wahren Nöte, anderwärts Zuflucht gesucht und gefunden, obwohl ihm, das müsse Franca jetzt endlich begreifen, nur an ihr wirklich etwas gelegen war. Franca hört sich all dies an, ohne ein Wort zu sagen. Manchmal irren ihre Augen ab, zum Fenster, hinter dem es jetzt im Garten der Klinik Vorfrühling wird. Dann wendet sie sich wieder gehorsam Tecchi zu, der nicht wissen kann, wieviel von seinen Argumenten sie hat aufnehmen können, das Gespräch abbricht und auf das nächste hofft, auf immer neue Wiederholungen des gleichen Vorgangs, die schon erfolgreich sind, wenn nur ein Wort, ein Gedanke die Wand durchbricht und ihr Bewußtsein erreicht.

Mirko aber, nach dem Franca noch nicht gefragt hat, bleibt verschwunden. Einmal, im April, fährt Giuseppina in ihrem kleinen Fiat in Koper umher, sucht nach seiner einstigen Behausung, deren Lage ihr Graziella hätte beschreiben können, wäre sie nicht von Giuseppina inzwischen in Acht und Bann getan, findet endlich die Kate der Stopars am Stadtrand und zwar nicht den Vater, aber die Mutter daheim.

Ob sie ihren Sohn gesehen habe, in der letzten Zeit?

Die Mutter verneint es. Seit er nach Triest gezogen sei, im vergangenen Sommer, habe er sich daheim nicht mehr gezeigt, aus Angst wohl, Jugoslawien nicht wieder verlassen zu können, vielleicht sogar eingesperrt zu werden, weil er den Militärdienst immer wieder verschoben habe und längst aufgerufen sei. Aber Jezeschtana, ist er denn auch in Triest nicht mehr zuhaus?

Gewiß, sagt Giuseppina beschwichtigend, machen Sie sich keine Sorgen, Frau Stopar. Ich bin sicher, es geht ihm gut, wir haben ihn nur vorübergehend aus den Augen verloren. Er hat viel Erfolg. Es wird auch etwas von ihm in Venedig ausgestellt, im Juni. Die Mutter freut sich in ihrem Kummer, glaubt der fremden Dame, daß mit Mirko alles gut sei, und Giuseppina wagt erst, ihrer Enttäuschung nachzugeben, als ihr Wagen bereits wieder aus Sichtweite ist.

Der Wahlkampf um die Neuverteilung der Kommunalsitze in den Regionen Friaul-Julisch Venetien und dem Aostatal hat kaum begonnen, da stürzt sich Vittorio Bonfante, seine Studenten grob beiseite schiebend, schon eilends hinein. Sein leidenschaftlicher Einsatz gilt der Radikalen Partei, für die er sich einen beträchtlichen Stimmengewinn erhofft. Befragte man aber einen Befürworter der Liste für Triest, etwa den Rechtsanwalt Manlio Cecovini, in diesem Mai 1978 über die Aussichten der Radikalen, dann fiele sein Urteil anders, bei allem Wohlwollen ironischer, distanzierter, zweifelnder aus.
Sie seien, diese Mitstreiter Vittorios – so oder so ähnlich würde Cecovini sie beschreiben –, Nachfolger der Aktionspartei, die in den letzten Kriegsjahren und noch einige Zeit danach bestand, dann aber aufgelöst wurde. Ihre Führer seien Intellektuelle, vielleicht ein wenig zu viel Professoren darunter, denen an

populärer Wirkung gleichwohl alles gelegen sei, weil sie nur durch Bürgerinitiativen ihren Zweck erreichen könnten. Pannella, ihre Leitfigur, wenn auch nicht ihr Präsident, sei ein charismatischer Mensch, ein Mann der bestechenden Gesten, bei weiblichen Wählern ungemein beliebt, obschon alles andere als ein homme à femmes, mager, hektisch, zu persönlichen Opfern wie dem Mittel des Hungerstreiks geneigt, imstande, seine Gegner mit siebenstündigen Reden in Schach zu halten. Ihm und seinen Anhängern sei es immer wieder gelungen, mehr als 50 000 Unterschriften für die Einbringung eines neuen Gesetzes zu sammeln, ja selbst jene 500 000 zu stimulieren, die für einen Volksentscheid nötig sind. Vier von acht solcher Gesetzesanträge seien angenommen worden. Sie hätten die Kontroverse um Scheidung und Abtreibung in Gang gebracht, ihre Frauenführerin, eine harte, willensstarke Frau, sei mit 10 000 Feministinnen auf die Straße gegangen. Tüchtige Leute allesamt. Wir begrüßen ihre Ideen, so oder so ähnlich Cecovini, aber wir mißbilligen ihre Methoden. Im Kampf gegen Osimo haben wir immerhin eine teilweise Einigung mit ihnen erzielt.

Und wer sind jene ›wir‹, von denen der Rechtsanwalt redet? Doch wohl die Opponenten des fatalen Vertrages, die sich aus allen Reihen dem Zehnerkomitee angeschlossen haben: Linksliberale, die sozialistische Mitte und eine kleine Gruppe, die ›Lotta continua‹, aktivistische Kommunisten außerhalb ihrer Partei. Gegen Osimo und die formelle Aufhebung des Friedensvertrages von 1947, der Istrien nach Italien zugesprochen hat. Gegen Osimo und die legale, nicht nur faktische Einverleibung jenes Territoriums, das Capodistria und Pirano einschließt, in die sozialistische Republik Jugoslawien. Gegen Osimo und die geplante Industriezone im Karst, die den Nachbarn die Tür öffnen soll zur Europäischen Wirtschaftsgemeinschaft, aber die ›Balkanisierung‹ von Triest, wie das böse Wort heißt, zur vollendeten Tatsache machen wird. Gegen die Luftverpestung, die Verseuchung der Bergquellen, die Abholzung der Bäume und Sträucher. Gegen die Überflutung durch ausländische Arbeiter, da man sich auf die niedrigen Löhne im Nachbarland stützen will.
Aber wofür? Was wollen die Leute von der Liste, deren Emblem die ›Melone‹, die steinerne Kugel vor der Kathedrale von San

Giusto ist? Sie wollen nicht nur den alten Freihafen von 1719 wieder aufleben lassen, sie wollen ganz Triest zu einem Freistaat machen wie die deutschen Hansestädte es einst waren, zu einer Handelsfreizone mit voller Autonomie. In diesem Punkte, wie in dem der Abtrennung von Friaul sind die Radikalen an ihrer Seite, nur im Kampf gegen das Unternehmen oben im Karst machen sie nicht mit. Da hat Vittorio alle Mühe, seinen Zuhörern zu erklären, daß es in dieser Wahl nicht nur um jenen Vertrag, daß es auch um bessere Sozialfürsorge, um die Gleichstellung der Frau im Berufsleben, um stete Wachsamkeit und stete Reformbereitschaft auf allen öffentlichen Gebieten gehe – es hallen ihm doch immer nur die Rufe entgegen: Hoch die Liste für Triest und Nieder mit Osimo.

Der Mann im Borgo San Sergio, wo die Armen von Triest hausen, sieht dem fliegenden Händler mit der Zahnlücke ähnlich, dem Mirko an seinem ersten Tag in der Stadt die Jacke nicht abgekauft hat. Er rüttelt den Slowenen, dem er seit Monaten ein Matratzenlager in seiner Dachwohnung eingeräumt hat, aus dem Schlaf.

Fünf Uhr, Mirko, du mußt aufstehen.

Wie jeden Morgen weiß Mirko zuerst nicht, wo er ist, schaut in die Frühe, um sich an den Sträuchern vor seinem Atelierfenster zu erfreuen, oder tappt nach der Uhr auf dem nicht vorhandenen Nachttisch. Wenn er dann zu sich kommt und ihm klar wird, welches Leben er jetzt führt, empfindet er weder Schmerz noch Groll, sondern eine trotzige Befriedigung. Das ist es, was er, dem vertrauten inneren Antrieb folgend, gewollt hat. Worte wie ›Buße tun‹, ›sich kasteien‹, kommen ihm nicht in den Sinn, denn er ist schon als Schulkind der Religion entfremdet worden und entwachsen. Aber zu nichts anderem hat es ihn hingedrängt, seit jenem entsetzlichen Sonntag, als unter den dürftigsten Umständen zu wohnen und die niedrigste Arbeit zu tun, sich nicht nur zu versagen, was Franca und ihn selbst ins Unglück gestürzt hat, sondern auch alles andere, das ihm offenbar unverdient in den Schoß gefallen war.

Durch die grellhellen Junistraßen von Triest rollt eine Autokolonne. Fünf Wagen, angeführt von einem, der einen Lautsprecher trägt und weithin schallend Wahlparolen verbreitet. Auf ihre Windschutzscheiben haben die jungen Leute am Steuer Papierstreifen mit den Worten PER TRIESTE geklebt, einer von ihnen hat an seinem Heckfenster jenes kleine Aufklebeschild mit der Kaiserkrone, dem österreichischen Doppeladler, den Farben Rotweißrot und in diesem Streifen die Hellebarde von Triest befestigt, das zum ersten Mal aufgetaucht war, als vor zwei Jahren im Dezember eine Menge von 50000 Menschen durch die Stadt zog, um gegen die bevorstehende Ratifizierung des Vertrages von Osimo zu protestieren, brennende Trauerkerzen mit sich trug und die alte Kaiserhymne sang.

An einer Straßenbaustelle, neben aufgerissenen Schienen, hockt Mirko, hämmert Pflastersteine zurecht und fügt sie in den Boden ein. Zwei andere Arbeiter haben eine verknüllte Nummer des Gazettino del Sport hervorgezogen und betrachten darin die Fotografie eines nackten Mädchens. Sie winken Mirko zu und wollen ihm das Bild von ferne zeigen. Er wendet sich mit einem Blick voll Abscheu ab.

Die Stadt ist voller Wahlplakate, an allen Ecken finden sich Gruppen zusammen und horchen irgendeinem Redner, der sie für seine Partei zu gewinnen sucht, für die Democristiani oder die Kommunisten, die Sozialisten und die Neofaschisten, doch für jeden ihrer Anhänger finden sich drei andere, die sich für die Melone erklären und ungeduldig verlangen, daß der Kandidat sich gleichfalls zu ihr bekenne. So geht es auch Vittorio, der an einer Ecke der Piazza Unità spricht, wobei unter seinen Zuhörern Graziella ihm leicht spöttischen Beifall spendet, während an anderem Ort auf dem Platz die 75-jährige Aurelia Gruber Benco von einer niedrigen Tribüne aus für die Liste wirbt. Pralle Junisonne. Erhitzte Gemüter. Immer mehr Menschen strömen hinzu, die Polizisten, allenthalben patroullierend, werden unruhig, einer läuft zum Telefon. Minuten später fährt ein Lastwagen auf die Piazza und besprengt aus zwei Wasserwerfern die zusammengerottete Menge, die daraufhin schimpfend und lachend auseinanderläuft.

Eines Morgens sagt Franca zu Tecchi, der an ihrem Bettrand gesessen ist und darauf gewartet hat, daß sie aufwacht, klar und deutlich: Heute hab ich gut geschlafen. Und ich hab geträumt. Ich hab viel nachgedacht in meinem Traum.

Ja?

Auch mit Mirko hab ich gesprochen.

Du hast ihm alles gesagt?

Ja. Ich hatte plötzlich keine Angst mehr.

Angst wovor?

Daß er mich nicht mehr mag, wenn er es erfährt. Was mein Vater mir angetan hat. Daß er es nicht ertragen wird. Aber dann ist mir klar geworden, nur ich selbst kann es nicht ertragen. Mit Mirko hat das nichts zu tun.

Nichts zu tun?

Wissen Sie, Dottore, sagt Franca ruhig, Mirko hat mich nicht mehr lieb. Er liebt dieses andere Mädchen. Darum hab ich's ihm auch sagen können, im Traum. Es ändert ja nichts mehr.

Höre, Franca, sagt Tecchi, hör gut zu. Er liebt diese Andere nicht. Er hat sich mit ihr eingelassen, ich hab dir's oft erklärt, weil du ihn immer wieder abgewiesen, immer wieder von dir gestoßen hast. Aus ihr macht er sich nichts. Seit du wieder krank bist, hat er sie nicht mehr gesehen.

Ist das wahr? Und da Tecchi nickt, nach einer Weile: Wo ist Mirko? Darauf er: Wir wissen es nicht. Er legt seine runde Kinderhand auf die ihre. Aber wenn wir ihn finden, wirst du dann mit ihm reden wie in deinem Traum?

Am Abend des 1. Juni wird die Biennale in Venedig eröffnet. Die Giardini sind hell erleuchtet, Lichter glänzen in allen Ausstellungshallen. Unter den vielen, oft belanglosen Exponaten im italienischen Pavillon ist Mirkos Skulptur ›Ikarus im Sturz‹ aufgestellt, vor der Kritiker, Kunstkenner, Gesellschaftslöwen immer wieder stehenbleiben und anerkennende Wort murmeln, die Giuseppina, mit getrübtem Stolz, für den Künstler entgegennimmt. Giuseppina verschweigt den Bewunderern, daß sie nicht die geringste Ahnung hat, wo Stopar sich verbirgt, hält Hof inmitten ihrer Freunde und fühlt sich, die ältliche, birnenförmige Dame, der vor fünfunddreißig Jahren der Verlobte entlief, wieder einmal unter ihresgleichen wohl.

Und dann: die Wahl. An den Toren des Rathauses sind die Resultate angeschlagen, alles staut sich davor, gibt mündlich weiter, was nur die ersten ganz vorn in allen Einzelheiten erspähen. Die Liste für Triest hat mit 55 000 Stimmen die relative Minorität im Stadtparlament gewonnen, auch den Radikalen, die ja in den wichtigsten Punkten auf ihrer Seite waren, fielen ein paar zusätzliche Sitze zu, alle anderen Parteien liegen im Hintertreffen. Jubel, Umzüge, Feiern, die jetzt kein Wasserwerfer mehr zu stören wagt.

In der Villa Bauer-Bonfante ist Vittorio eingetroffen und wird von Ambrosina zur Tür des Studios geführt. Bevor er an die Tür klopfen kann, wird sie vom Commendatore geöffnet. Er hat sich etwas erholt, stützt sich aber immer noch auf seinen Stock. Sie umarmen einander.
Du siehst besser aus, sagt Vittorio. Also geht es Franca besser.
Ja, es geht ihr besser. Vielleicht kommt sie bald wieder aus der Klinik heraus.
Sie setzen sich. Durch die herabgelassenen Rolläden fällt streifiges Licht ins Zimmer.
Und was sagst du zur Wahl, Onkel Enrico?
Zur Wahl. Ja, das ist eigenartig. Wir Liberalen haben unsere letzten vier Sitze im Stadtparlament verloren, aber ich bin nicht traurig,

wie ich es sein müßte. Im Grund bin ich froh, daß die Liste sich durchgesetzt hat. Wir ziehen ja alle am selben Strang.
Und wie durchgesetzt! Ein Viertel aller Wählerstimmen. Wer hätte das gedacht? Cecovini Bürgermeister, Aurelia Gruber Vizebürgermeister. Eine fabelhafte Frau, Aurelia. Aber was sagst du zu meiner Partei?
Ihr habt euch gut geschlagen. Drei Sitze auf einen Streich.
Aber was wird jetzt geschehen? Du weißt, wir geraten unter Druck von allen Seiten. Die Regierung will uns einen Kommissar ins Haus schicken, droht mit weiteren Repressalien. Und die Jugoslawen – hast du heute schon den ›Piccolo‹ gelesen?
Bauer-Bonfante deutet auf die gefaltete Zeitung vor sich. Noch nicht.
Die Jugoslawen kontrollieren zur Zeit, wer am Wochenende zu uns einkaufen fährt. Nicht viele werden mehr wagen, herüberzukommen. Der Fernsehsender in Koper hat Fotos von Läden gebracht, deren Inhaber für die Autonomie sind, und jugoslawische Staatsbürger vor ihrem Betreten gewarnt.
Die Dinge sind in Bewegung, sagt Bauer-Bonfante lebhaft. All das nützt unserer ge-

meinsamen Sache. Wir müssen den Freistaat erreichen.
Gewiß, Onkel, gewiß. Aber ich bin gekommen, um dich zu bitten – wir haben alle möglichen drastischen Maßnahmen vor. Wirst du im gegebenen Moment mit deinen liberalen Freunden sprechen? Wir brauchen breite Rükkendeckung. Ich gehe auch zu den anderen Parteien, soweit es aussichtsreich ist.
Wir haben nicht mehr viel zu bieten, Vittorio. Unsere Stimmen sind in der Liste untergegangen. Aber was immer im Rahmen der Legalität geschieht, werden wir unterstützen. Ein Glas Wein?
Keinen Alkohol, sagt Vittorio. Ich hab heut noch einiges vor.
Bauer-Bonfante ruft Ambrosina und bestellt Pellegrino. Die Hitze dringt selbst durch die geschlossenen Fenster ein.
Langsam sagt Bauer-Bonfante: Wenn das alles vor einem Jahr geschehen wäre, wenn die Grenzkontrollen bestanden hätten – vielleicht hätten wir diesen Stopar nie gesehen.
Mirko? Da hast du recht. Es wäre uns manches erspart geblieben. Aber – darf ich ehrlich sein? Und da der Commendatore nickt: Trotz allem hat es seinen Sinn gehabt. Nicht allein,

daß der Bursche sich als Bildhauer durchgesetzt hätte. Auch das. Aber ich glaube immer noch, wenn Franca wirklich geholfen werden kann, dann nur durch ihn.

Du sagst das auch? Tecchi, mußt du wissen, ist derselben Meinung. Es war ein arger Schock für sie, sagt er, aber das beweise nur, wieviel ihr an ihm liegt. Wenn er bereit wäre, für sie dazusein, wenn er –

Und das hörst du nicht gern?

Nein.

Eifersucht. Eigensucht. Eine besitzgierige Liebe – und in deinem Alter. Verzeih mir – ich kann es nicht anders nennen.

Möglich. Aber ich könnte ihm nie mehr trauen.

Du hast ihm zu wenig getraut. Hast ihn zu lange hingehalten. Natürlich ist er Graziella in die Fänge geraten. Aber er hat sich nie etwas aus ihr gemacht.

Woher willst du das wissen?

Von ihr.

Du siehst sie wieder?

Ab und zu. Sozusagen unverbindlich. Wie das mit ihr so ist.

Und du meinst –

Ja, ich meine. Er zuckt die Achseln. Aber Mirko ist ja verschwunden, also hat das alles keinen Zweck.

Eine andere Baustelle, hoch oben an der Viale Poggioreale. Die Arbeiter sitzen im Schatten eines Baumes, geschützt vor der Sonnenglut. Sie essen Pannini und trinken Bier. Einer hat die letzte Nummer des Gazettino del Sport, in der sie vor ein paar Wochen das nackte Mädchen bewundert hatten, vor sich liegen und die Bierflasche draufgestellt. Dann blickt er genauer hin, rückt die Flasche weg.
Mirko, sag mal, heißt du nicht Stopar?
Stopar, ja. Warum?
Hier steht dein Name. Er buchstabiert ihn langsam und reicht die Zeitung dann Mirko hin. Der sieht auf dem bierfleckigen Blatt eine Abbildung seiner Skulptur und darunter ein paar Zeilen des Inhalts, daß der Icaro Cadente, eine Arbeit des Triestiner Künstlers Stopar, auf der Biennale vielbemerkt und gut rezensiert worden ist.
Na, was ist? Bist du das?
Er schüttelt den Kopf und legt die Zeitung beiseite.
Komisch, derselbe Name – daß der bei euch so häufig ist?

Halb zehn, ein Samstag im August, Triest voll Fremder, doch nur wenig Käufer aus Istrien, nur wenig Träger von Plastiktaschen zu sehen. Die Stadt liegt in vollem Glanz, auf allen Kaffeeterrassen wird Eis gegessen und Apéritif getrunken. Auf der Piazza Unità, vor dem Caffè degli Specchi, wo Mirko im Februar in jenes makabre Faschingstreiben der Kinder geraten ist, tummeln sich jetzt die Kleinen in harmlosen Sommerkleidchen und Höschen, fahren mit ihren Rollern und Dreirädern immer knapp an die Beine der Spaziergänger heran.

Mirko, rasiert, in Hemd und Jeans, geht durch Straßen, die er seit Monaten nicht mehr betreten hat, scheut nicht zurück vor der Piazza della Borsa, biegt in die Via San Niccolô ein und hat dann doch nicht den Mut, die Tür der Galerie zu öffnen, kehrt um und geht mechanisch weiter durch die Via San Spiridione in die Richtung des Markts.

Die fliegenden Händler sind verschwunden. Längs des Kanals keine Autos geparkt. Auf dem Kleidermarkt am Ponterosso haben sich kaum Kunden eingefunden. Desto größer ist der Trubel auf dem Gemüsemarkt. Mirko tut, was er, damals im März, versäumt hat: er kauft einen Apfel und wäscht ihn in dem Brunnen, in dessen Wasser der pausbäckige Knabe noch immer nicht hineingestiegen ist. Dann lungert er, apfelessend, zwischen den Buden. Er hat den Verstand, das Gemüt, den Willen ganz und gar entleert, erlaubt sich weder Wehmut noch Sehnsucht, wünscht auch nichts herbei, sondern verharrt in jenem Zustand der Erwartung, in dem er von seiner inneren Kraft noch nie im Stich gelassen worden ist.

Er zuckt nicht zusammen, wundert sich nicht einmal, als er jetzt Bauer-Bonfante, schwer gestützt auf einen Stock mit Silbergriff, zwischen zwei Reihen von Marktständen daherkommen sieht, begleitet von Ambrosina mit zwei Körben. Der Commendatore zeigt auf diese oder jene Frucht, dieses oder jenes Gemüse, das Ambrosina unter seiner Anleitung kauft und in den Körben verstaut. Mirko, halb verborgen hinter einer hängenden Zeltplache, wartet geduldig. Es kann nicht alles sein, was dieser Morgen bereit für ihn hält.

Hinter dem Brunnen schlendert, leicht verlorenen Blicks, ernst, aber nicht traurig, Franca hervor. Ihr Haar ist etwas länger, es reicht zu den Schultern, sie wirkt noch schmäler, noch blässer als zuvor, als wäre sie lange nicht der Luft und dem Licht ausgesetzt gewesen, aber auch weniger kindlich, mit einem neuen entschlossenen Ausdruck, den Mirko nicht an ihr kennt. Sie hat Bauer-Bonfante und Ambrosina erreicht und spricht mit ihnen. Dann kommen alle drei auf dem breiten Mittelweg, der vom Brunnen zur Via Roma führt, auf Mirko zu. Mirko schnellt den Apfelstrunk fort und tritt hinter der Plache hervor. Franca entdeckt ihn. Ohne zu zögern, löst sie sich von den anderen und läuft auf ihn zu.

Kann man ein Ende glücklich nennen, das von so viel Unsicherheit begleitet ist? Wird Franca wahrhaftig und für immer die Ängste ihrer Kindheit überwinden, wird sie ihren Körper an einen Mann gewöhnen, ohne zurückzuschrecken und ihm zu widerstehen? Und Mirko, der sich schon einmal anfechtbar gezeigt hat, wird er sich mit diesem schwierigen Mädchen begnügen für alle Zeit? So jung sind ja diese beiden, so lange ist die Straße vor ihnen, die sie jetzt gemeinsam gehen wollen, daß man befürchten mag, ihr Mut und ihre Liebe verließen sie eines Tages doch. Und was, wenn Kinder kämen und man sich fragen müßte, welches Erbteil in ihnen weiterleben werde, das väterliche Francas oder ein noch früheres, unbekanntes, das vielleicht den Keim zur Gemütsverwirrung in ihr hinterlassen hat? Es wird besser für sie sein, über all das nicht nachzudenken, sich dem Lauf der Dinge zu überlassen, wie Mirko es zu tun gewohnt ist, einfach zu wollen, und dadurch herbeizuführen, daß es gut gehen werde, so lange es eben geht. Noch lebt der Commendatore. Noch kann er Franca, es sei denn im hoffnungslosen Falle, durch seine tröstliche Umarmung zum Verstummen bringen, wenn sie wieder einmal schreit.

Vorerst ist da ein Nachmittag im September, an dem alle drei in Bauer-Bonfantes Wagen, die jungen Leute im Fond, hinauffahren nach Monrupino, in den Karst. Vor dem kleinen Haus, einst für Massimo bestimmt, steigen sie aus und tragen ein paar Dinge hinein, die sie aus der Villa und aus Mirkos Atelier mitgebracht haben: Koffer, Kleider, Werkzeug, den Kopf der Schwester und den behauenen Marmorblock, aus dem Francas Porträt entstehen soll. Unter den immer noch besorgten Blicken des Commendatore beginnen die beiden, sich in dem Haus einzurichten. Dann deckt Franca den Tisch draußen unter der Steineiche, stellt Teller und Gläser, Früchte und Flaschen darauf. Sie setzen sich. Die Sonne ist warm, doch es weht ein Wind vom Kirchenhügel herunter. Franca nimmt ihr Halstuch ab und bindet es sich um den Kopf, um die Haare nicht flattern zu lassen.

Mirko sieht sie an. Er holt aus seiner Erinnerung die Worte Scipio Slatapers, die er seit seinem ersten Besuch hier oben nicht mehr gehört hat. Ich liebe diese Karstfrauen, sagt er langsam, die den Zipfel ihres Kopftuches mit den Zähnen festhalten, um sich gegen die Bora zu schützen, und in Gruppen zur Stadt hinunterziehen, das große Nickelgefäß voll warmer Milch auf dem Kopf.

Franca lacht. Ein Glas Milch, Commendatore? Oder doch lieber einen Grappa.

Schenk nur ein, sagt er. Sie trinken. Alles, im Augenblick, ist gut.

Sprich, Erinnerung, sprich

Ida Ehre
Gott hat einen größeren Kopf mein Kind . . . (12160)

Heinz Erhardt
Unvergeßlicher Heinz Erhardt
Heiteres und Besinnliches (4245)

Vera Figner
Nacht über Rußland
Lebenserinnerungen einer russischen Revolutionärin (5974)

George Grosz
Ein kleines Ja und ein großes Nein (1759)

Virginia Haggard
Sieben Jahre der Fülle
Leben mit Chagall (12364)

Axel Madsen
Jean-Paul Sartre und Simone de Beauvoir (4921)

Berhard Minetti
Erinnerungen eines Schauspielers (5950)

Edith Piaf
Mein Leben (859)

Jean-Paul Sartre
Sartre über Sartre (4040)

Irving Stone
Vincent van Gogh (1099)

rororo

C 2142/9

Die Erzählerbibliothek

James Baldwin
Sonnys Blues
Gesammelte Erzählungen
Deutsch von Gisela Stege
256 Seiten. Gebunden

Gottfried Benn
Das letzte Ich
Sämtliche Erzählungen
256 Seiten. Gebunden

Albert Camus
Jonas oder
Der Künstler bei der Arbeit
Gesammelte Erzählungen
Deutsch von Guido G. Meister
256 Seiten. Gebunden

Roald Dahl
Georgy Porgy
Gesammelte Erzählungen
Deutsch von Wolfheinrich von der Mülbe, Hans-Heinrich Wellmann und Fritz Güttinger
448 Seiten. Gebunden

Ernest Hemingway
Die Stories
Deutsch von Annemarie Horschitz-Horst
500 Seiten. Gebunden

Literatur für Kopf Hörer

Produziert von Bernd Liebner

Eine Auswahl

Rowohlt Cassetten

C 2321/3 a

Armin Müller-Stahl liest
Vladimir Nabokov
Der Zauberer
Deutsch von Dieter E. Zimmer
2 Tonbandcassetten im Schuber
(66005)

Walter Schmidinger liest
Italo Svevo
Zeno Cosini
Das Raucherkapitel
1 Tonbandcassette im Schuber
(66007)

Uwe Friedrichsen liest
Kurt Tucholsky
Schloß Gripsholm
3 Tonbandcassetten im Schuber
(66006)

Christian Brückner liest
John Updike
Der verwaiste Swimmingpool
Der verwaiste Swimmingpool,
Wie man Amerika gleichzeitig liebt und verläßt
Deutsch von Uwe Friesel und Monika Michieli.
1 Tonbandcassette im Schuber
(66004)

Christian Brückner liest
Jean-Paul Sartre
Die Kindheit eines Chefs
Deutsch von Uli Aumüller
3 Tonbandcassetten im Schuber
(66014)